U0950104

村上春树 むらかみはるき 西班牙

むらかみはるきとスペイン

[日] 小阪知弘　著
宋玉泽　译

北京联合出版公司
Beijing United Publishing Co.,Ltd.

图书在版编目（CIP）数据

村上春树·西班牙/（日）小阪知弘著；宋玉泽译
.—北京：北京联合出版公司，2019.11（2024.7 重印）

ISBN 978-7-5596-3500-6

Ⅰ.①村…　Ⅱ.①小…　②宋…　Ⅲ.①随笔—作品集
—日本—现代　Ⅳ.① I313.65

中国版本图书馆 CIP 数据核字 (2019) 第 156668 号

北京市版权局著作权合同登记　图字：01-2019-4651

© Tomohiro KOSAKA,Kokushokankokai Inc.

村上春树·西班牙

作　　者：［日］小阪知弘
译　　者：宋玉泽
出 品 人：赵红仕
责任编辑：牛炜征
封面设计：吴黛君

北京联合出版公司出版
（北京市西城区德外大街83号楼9层 100088）
北京新华先锋出版科技有限公司发行
大厂回族自治县德诚印务有限公司印刷　新华书店经销
字数155千字　620毫米×889毫米　1/16　14印张
2019年11月第1版　2024年7月第3次印刷
ISBN　978-7-5596-3500-6
定价：59.00元

版权所有，侵权必究
未经书面许可，不得以任何方式转载、复制、翻印本书部分或全部内容。
本书若有质量问题，请与本社图书销售中心联系调换。电话：（010）88876681-8026

写在前面

我漫步在帕尔马的棕榈树、雪松、芦荟、桔子树、柠檬树和石榴树下——天空是深蓝色的，海水是天蓝色的，山是翠绿色的，空气好极了。我真正获得了新生。

这段话出自波兰钢琴诗人肖邦刚到马略卡岛时写给友人的信。1838 年冬天，为了缓解肺结核病症，肖邦带着恋人来到这里。在这个令他获得新生的岛上，肖邦创作出了包括那首著名的降 D 大调前奏曲《雨滴》在内的众多优秀音乐作品。

喜欢西班牙的人一定对马略卡岛不陌生，它是素有“地中海浴池”之称的巴利阿里群岛中的一个小岛，早在十九世纪上半叶，欧洲许多艺术家和文学家就选择来这里休闲疗养。而在西班牙，像马略卡岛这样被阳光包裹的地方比比皆是，其中最有名的要数南部安达卢西亚地区的太阳海滩。在这里，你不仅可以尽情沐浴在干净温暖的阳光中，还可以眺望远处迷人的白色村庄。

西班牙能够成为观光者的天堂，除了秀丽壮美的自然风光，也离不开丰富多彩的历史人文景观。截至 2023 年，西班牙已经拥有四十九项世界遗产，其中文化遗产占了四十三项，这与这个国家辉煌灿烂的历史有着千丝万缕的联系。

大约在三万五千年前，克罗马农人越过比利牛斯山脉北部，进入伊比利亚半岛。随后的几个世纪里，腓尼基人、希腊人和迦太基人先后到此定居。再之后，西班牙又先后受到罗马人、西哥特人和摩尔人的入侵和统治。尽管这给国家和人民带来了动荡和苦难，但也孕育出融合了罗马、西哥特和阿拉伯特色的异彩纷呈的文化。在塞哥维亚、托莱多和科尔多瓦等古城区，随处可见哥特式、摩尔式、巴洛克式的教堂、寺院、修道院、王宫和城墙。游走在斑驳的街道间，看阳光随时间转过华丽而古老的建筑，仿佛走进了遥远的、混杂着硝烟味儿的历史。

摩尔人统治西班牙时期，留下了很多伟大的建筑，其中最耀眼的，要数位于南部城市格拉纳达的阿兰布拉宫。阿兰布拉宫并不是单一的宫殿，而是集清真寺、宫殿、城堡于一身的庞大建筑群。错综复杂的镶嵌式墙壁和天花板设计，使整个建筑散发出豪华气息。

美的地方从来不缺乏慕名而来的人，阿兰布拉宫自然也成了无数观光者的心之所向，华盛顿·欧文就是其中之一。这位被誉为“美国文学之父”的大作家曾在西班牙待过四年，并于1832年创作出了《阿兰布拉宫》。在这本书中，华盛顿·欧文以诗意的文笔，描绘出了西班牙狂野与浪漫并存的自然、热情好客的西班牙人民，还有围绕阿兰布拉宫的诸多民间故事和有关摩尔人的神话传说。在华盛顿·欧文笔下，被各样故事和传说包裹着的阿兰布拉宫，呈现出了更加迷人的面貌。围绕阿兰布拉宫的传说如此之多，几乎每一个宫殿，每一扇门，都有属于自己的故事。这里有见证了权力之争和血腥屠杀的阿文塞拉赫斯厅，有被魔法控制的带风向标的房子，有朴实善良的百姓和狡诈商人之间的财富纷争，有塔楼上为爱情翘首以盼的美丽公主，还有玫瑰传奇侍童与猎鹰的传说。这些或真实或虚构的故事，让阿兰布拉宫穿越漫长的时光，直到今天仍绽放越发迷人的光芒。

海明威是另一位对西班牙着迷的大作家，不过和欧文不同，他痴迷的是西班牙斗牛。对于这项历史悠久的传统活动，有人觉得它血腥残忍，应当取缔，有人则爱其徘徊在死亡边缘的惊心动魄的美。海明威曾这样评价：“斗牛是唯一的艺术，在这艺术里，艺术家面对着死亡，而其技艺的程度，表现了斗牛士的荣光。”

海明威与斗牛的渊源最早可以追溯到1923年。当时的他是《多伦多星报》驻巴黎的记者，那年夏天他到西班牙的潘普洛纳度假，第一次观看了斗牛表演，便立刻迷上了这一将力与美、生与死融为一体的艺术。在那之后，海明威几乎每年都会前往西班牙，而奔牛节也成为了他最喜欢的节日。

奔牛节又称圣费尔明节，原是潘普洛纳市的一项宗教庆典，并非是国际瞩目的活动，后因出现在海明威的小说《太阳照常升起》中而闻名于世。海明威一生中创作了很多以西班牙为背景的小说，除了《太阳照常升起》外，还有《第五纵队》《丧钟为谁而鸣》《死在午后》以及《节日》。其中，《死在午后》堪称西班牙斗牛入门指南。在这本书中，海明威从流程、礼仪、技巧等方面出发，对斗牛进行了全面介绍。

为了感谢海明威对奔牛文化做出的贡献，潘普洛纳政府在斗牛场的入口处建造了一座他的雕像，上面镌刻着这样一段话："海明威，诺贝尔文学奖获得者，本镇的朋友和圣费尔明节的推崇者，他巧妙地描述和介绍了潘普洛纳。"

除了海明威外，英国小说家毛姆也曾以西班牙为主题，写了一本名为《西班牙主题变奏》的书。在这本书中，毛姆回到西班牙的黄金时代，详尽记述了他对那一时期的流浪汉小说、戏剧、绘画、社会习俗以及宗教信仰的认识和看法。其中，对自己最喜欢的画家埃尔·格列柯作品的全面解析，对创作和艺术欣赏的认知部分写得相当精彩，从中不难看出毛姆在绘画鉴赏方面的造诣。

不同于华盛顿·欧文、海明威和毛姆，村上春树并没有以西班牙为主题的作品。但是，如果将他迄今为止的作品罗列出来进行分析后便会发现，他的小说中同样布满了各样的西班牙元素。

首先是西班牙语。除了母语日语和英语外，村上专门去学过一段时间的西班牙语。尽管他的西语远没有达到像英语那样的流利程度，但他充分利用了自己对西语的认知和这个语言自身的特点，使其在故事中扮演了重要的角色。

村上春树的小说中，出现了很多会说西班牙语的人物，比如《挪威的森林》中的永泽，《1Q84》中的青豆，《1973年的弹子球》中的西班牙语教师，还有《斯普特尼克恋人》中的堇和西班牙男子菲尔迪纳德。而这些人物在小说中主要发挥了两种作用：一是促进故事局面好转，另一个则是创造出一个主客合一的世界。

先来谈谈“促进故事局面好转”这一作用。比如说《挪威的森林》中的永泽，他是主人公渡边彻的前辈，通晓多国语言，通过学习西班牙语，使停滞不前的大学生活逐渐好转，自己的人生也渐渐有了起色。

而在《1Q84》中，女主人公青豆在暗杀了宗教团体“先驱”的领袖后，躲在一处公寓里生活，为打破人生停滞不前的局面，她开始学习西班牙语。由此，青豆以往闭塞的人生开始好转，她和青梅竹马的天吾重逢，两人一起逃出了有两个月亮的平行世界，回到了只有一个月亮的现实世界。

关于创造出一个主客合一的世界，可以在《斯普特尼克的恋人》中找到例证。

在这个故事中，有一位名叫在菲尔迪纳德的西语母语者，正是借助这一角色，主客合一的世界得以出现。故事中有这样一个场景：敏坐在摩天轮里，透过窗玻璃俯瞰自己住的公寓，目睹了自己和菲尔迪纳德发生关系的场景。也就是说作为看的主体的敏，在摩天轮里透过窗玻璃观察公寓里作为被看客体的“另一个自己”。从认识论的角度来说，看与被看这组相互关系要想成立，主体和客体就必须分离，但村上春树为使主客合一的世界出现，就让西班牙语母语者菲尔迪纳德登场。

西班牙历史上出现过很多知名画家，比如说弗朗西斯科·戈雅、巴勃罗·毕加索，还有一位就是超现实主义画家萨尔瓦多·达利。

村上春树高中时，曾写过一篇名为《参观达利画展》的文章，表达了自己对达利作品的认识和看法。

比如说《柔软的时钟》。这是超现实主义者达利的经典作品，充分展现了他独特的风格。画面中央有一个软塌塌的闹钟，远处地平线上有一把向未知世界延展的弯曲的钥匙。此外还有玫瑰花、土墙。这些元素共同组成了一个谜一样的世界。那个柔软的时钟是达利特有的对柔软物体的憧憬，也是他对冰冷坚硬、棱角分明的现代文明的反抗。

而在村上的小说中，我们不难看出达利对他产生的影响。

比如说在《海边的卡夫卡》中，卡夫卡和大岛的某段对话，很容易能让读者联想到达利的时钟世界：

“佐伯的人生基本上在他（佐伯的恋人）去世那年，也就是她二十岁那年就停止了。不对，不是二十岁，有可能更往前，但具体的情况我就不清楚了。这一点你必须理解。埋藏在她灵魂中的时钟在某一时刻戛然而止。当然，在那之后，外在的时间依然在流逝，这也对她产生了现实性的影响。可对于佐伯来说，那样的时间几乎没有意义。”

“没有意义？”

大岛点头：“形同于无。”

“也就是说，佐伯始终生活在停止的时间中？”

“没错。”

同样地，在小说《1Q84》中，青豆与宗教团体“先驱”的领袖对决时的场景描绘，也像极了达利的绘画世界。

《村上春树·西班牙》的作者小阪知弘是欧洲知名学府萨拉曼卡大学文学博士，现任南山大学西班牙语专业副教授，专攻现代西班牙戏剧、西班牙电影和比较文学。在本书中，他运用自己的专业知识和多年潜心研究的成果，系统分析了村上小说中埋藏的西班牙元素。除了以上提到的两点外，书中还解读了西班牙音乐、文学、城市、文化、自然等在故事中发挥的作用。作者意图透过西班牙这幅全景图，勾画出村上文学的全新面貌。相信这一角度新颖的尝试和解读，会为读者呈现出一个更加完整和全面的村上文学世界。

目录

PART 3　在绘画上漫步，在历史中游走

PART 4　电影与文学

PART 5 文学大师的西班牙情结

FINALE 献给逝者的文学

APPENDIX 村上春树作品西语版译者访谈

序　章

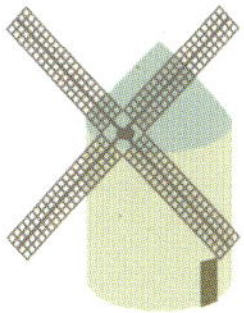

钟情西班牙的村上春树

“你去过西班牙吗？”他问道。

“很遗憾，没有去过。”我回答道。

这是村上春树的第二部小说《1973年的弹子球》中主人公“我”和西班牙语老师之间的对话。可见，村上春树从早期开始，就对西班牙很感兴趣。

实际上，作为一名作品被译为五十多种语言、在世界范围内拥有很高知名度的日本小说家，村上春树常年憧憬着西班牙文化，并把西班牙语、西班牙文化等要素投射在自己的作品中。然而，除了专门的研究者外，一般读者对此事几乎一无所知。

村上春树曾在2009年和2011年两度前往西班牙。第一次是去圣地亚哥·德·孔波斯特拉出席西班牙加利西亚地区的国际文学奖——胡安·德·圣·克莱门特大主教奖（Premio Arcebispo Juan de San Clemente）的颁奖典礼。第二次是前往巴塞罗那参加加泰罗尼亚地区政府主办的第二十三届加泰罗尼亚国际奖（Premi Internacional Catalunya）的颁奖典礼。

此外，村上文学在欧美各国的接受情况的相关研究也颇有进展。文艺杂志《国文学》（1995年3月号）以“村上春树——预知的文学”为主题，详细分析了村上文学在世界各国，尤其是欧美各国的接受度。

具体来说，有何西阿（Hosea）·平田的《村上春树作品在美国——“FUN”的经历》、尤尔根·斯塔鲁夫（Jürgen Stalph）的《村上春树在德国》、安娜·杰林斯卡·埃利奥特（Anna Gerinski Eliot）的《村上春树在波兰——寻出版社历险记》。另外，还有冈本太郎的《村上春树和意大利——化为〈东京布鲁斯〉的〈挪威的森林〉》。但是，这本特辑并没有涉及西班牙。

同样，《村上春树作品研究事典》一书介绍了村上文学在美国、意大利、德国、波兰的接受情况，唯独没有提及西班牙。另外，法国文学研究者菅野昭正在《法国如何读村上春树作品》的论文中详细记述了《海边的卡夫卡》和《1Q84》在法国的接受情况。同样，村上作品的法文译者科里努·亚特兰（Corinne Atlantic）也在《村上春树的两面性》的论文中，详细论述了村上作品在法国的接受情况和其形象的变化。

除此之外，还有总结村上春树对欧美文学的吸收和二者之间关系，尤其是村上文学和英语文化圈文学关系的研究。例如，千石英世在《村上春树和美国》中提到了作为翻译家的村上春树和美国文学的关系。另外，还有吉田春生的《村上春树和美国》和吉冈荣一的《村上春树和英国》等著作。可以说，村上文学在欧美文化圈接受情况的相关研究正稳步推进。

西语文化圈也有村上文学的研究者。2013年12月14日，西班牙文学研究者柳原孝敦在东京外国语大学举办的座谈会“在世界范围内阅读村上春树”中，介绍了《寻羊冒险记》《1Q84》等在西班牙的翻译情况。此外，柳原还对比了村上文学和哥伦比亚作家加夫列尔·加西亚·马尔克斯（Garcia Marquez）的著作《百年孤独》的相似点，在论文《羊男会不会梦到猪尾巴》中，他说明了村上文学在西语文化圈的人气：

村上春树现在出新书的话，在西语文化圈也能成为新闻。

此外，在《墨西哥年轻作家的战略和村上春树》一文中，作者久野量一阐述了村上作品对墨西哥年轻作家的影响。由此可见，村上文学在西语文化圈一直备受瞩目。

如果把研究限定在村上春树和西班牙文学及文化的关系这一范围的话，目前只有两篇论文。一篇是森直香的《关于村上春树在西班牙的接受情况的预备考察——以〈挪威的森林〉为中心》，另一篇则是本书笔者的论考《村上文学中的西班牙语和西班牙文化》。森直香从西班牙读者的角度出发，对村上文学的魅力进行了如下说明：

即便说村上的作品是欧美作家写的，西班牙读者也不会产生任何违和感。他们从村上的“西洋式”的都市小说中看到了和自己相似的登场人物，明白这些人物和自己品味着相同的孤独，便会产生共鸣。

另外，他们从作品中描绘的传统和技术共存、颇具异域风情的城市东京，以及自杀的主题、独特的生死观中感受到了日本独特的魅力。

笔者于2014年发表了相关的学术论文，将着眼点放在了村上作品中的西班牙语和西班牙文化上。在论文最后，笔者得出了这样的结论：西班牙语和西班牙文化有某种魔力，在村上春树的作品中，西班牙语内在的节奏发挥着“咒语”的作用。

同样，坂东省次和椎名浩在二人共著的《日本和西班牙——文化交流的历史》中，从日本和西班牙的文化交流这一宏观视角出发，分析了村上文学在西班牙颇具人气的原因。

村上春树在西班牙获得成功的原因是什么？我认为有以下四点：

第一，与二三十年前不同，现在的西班牙是典型的资本主义消费社会，大城市中人情淡薄。在这样的社会中生活的人们，成为村上作品的主要读者群。

第二，村上文学的主人公面临着自我认识的困境、感知到的孤独与近几年来西班牙人面临着的问题相近。

第三，村上的作品属于成长小说范畴，描绘了感到生活不易和空虚之后依然顽强生存着的年轻人的故事。他用这样的形式，来描绘“青春”这一具有普遍性的主题，这在西班牙引起了众多读者的共鸣。

第四，他们从传统和技术共存、颇具异域风情的城市东京，以及自杀的主题、独特的生死观中看到了日本的特色，感受到了村上文学的魅力。

此外，在西班牙也有村上文学的评论性文章和研究类书籍。西班牙杂志《读书》(*Leer*) 2012年2月号的日本文学特辑中，刊登了麦卡·里贝拉(Mica Ribera)题为《日本文学的“热潮”——来自遥远世界的暧昧诱惑》的评论性文章。在该文中，麦卡·里贝拉高度评价了村上的作品。

在西洋的日本文学热中，村上春树是最具代表性的作家。

另外，日本文学研究者、马德里康普顿斯大学教授卡洛斯·卢比奥(Carlos Rubiao)也出版了研究类图书《村上的日本》，他在书中通过村上春树的作品，详细介绍了日本文化。

此外，贾斯托·索特洛(Justo Sotelo)也出版了名为《村上春树的世界》的研究类图书。在书中，索特洛从必然性和可能性的角度出发，分析了村上春树的作品。

同样，本尼托·艾里亚斯·加尔西亚·瓦莱罗(Benito Elias

Garcia Valero）也出版了名为《村上春树的量子论式魔术》的研究类图书，从物理学的量子理论概念出发分析了村上的作品。

根据前面的介绍我们便可明白，关于村上春树和西班牙的关系的研究非常有意义。因此，本书就从村上春树和西班牙两个方面进行双向考察。

本书从以下两个角度阐明村上春树和西班牙语、西班牙文化的关联性。

第一，从村上春树的视角出发，对其文学作品中西班牙语和西班牙文化发挥的文学性作用进行分析。

第二，立足西班牙读者的视角，考察村上文学在西班牙的接受情况。

本书整体结构如下：

第一章，笔者介绍了村上春树两度前往西班牙的经历，分析他对西班牙的憧憬之情。

第二章，笔者分析了西班牙语和西班牙文化在村上春树作品中发挥的各种作用，最后阐明村上经常将两者融入自己作品中的理由，这也是写作本书的目的。

在第三章中，笔者围绕村上文学中西班牙现代绘画发挥的视觉作用，以及作品中提到的西班牙内战的作用展开论述。

第四章，笔者选取了西班牙女导演伊莎贝尔·科赛特（Isabel Coixet）的电影《东京之声地图》（*Map of the Sounds of Tokyo*），分析村上文学等一系列日本现代文学对该电影的影响。

在第五章中，笔者将三岛由纪夫和村上春树进行了对比。三岛由纪夫和村上春树一样，也是在世界上具有很高知名度的日本作家。本章着眼于二人对西班牙文化的憧憬之情，从比较文学的观点出发，考察二人西班牙文化观的异同点。

在最终章中，笔者从村上文学以及西班牙文化共有的世界观——生者与死者相互感应、彼此相连——出发，阐明村上文学本质上具备的“祈愿”作用。

我之前在世界各地的其他城市也办过签名会，但却是第一次被女性读者索吻。由此可见，巴塞罗那是多么美好的城市。能再次来到这座历史悠久的美丽城市，实在是太开心了。

——第二十三届加泰罗尼亚国际奖颁奖典礼演讲节选

PART.1

村上春树的西班牙之旅

1

青年村上

西班牙文化在无形中吸引着青年时代的村上春树。关西地区出身的他在成为小说家前，和妻子洋子在东京经营着一家名叫“彼得猫”的爵士咖啡店，其内部装潢呈现出西班牙风格。对此，爵士评论家小野好惠在《爵士最终章》中这样写道：

> 咖啡店最多能容纳二十个客人，店里有西班牙风格的白色墙壁，手工木制桌椅的摆放也极有格调，整体氛围让人联想到《且听风吟》中的“杰氏酒吧”。村上的兴趣和审美渗透在咖啡店的各个角落。

同样，以村上作品英译版而为大众熟悉的日本文学研究者——美国人杰伊·鲁宾（Jay Rubin）也对“彼得猫”进行了如下描写：

在爵士咖啡店“彼得猫”的店里，木制桌椅紧贴西班牙风格的白色墙壁摆放，这与《寻羊冒险记》和初期作品中出现的“杰氏酒吧”大相径庭。

对于村上作品中出现的“杰氏酒吧”与“彼得猫”的关系，小野和杰伊·鲁宾分别持有不同的意见，但两者都认为爵士咖啡店的内部装潢颇具西班牙风格。因此我们可以说，从1974年到1980年，兵库县芦屋市出身的村上在“西班牙风格的白色墙壁”的环绕下，度过了经营爵士咖啡店的七年时光。

作为小说家，村上春树首次提及西班牙是在《1973年的弹子球》中。小说中出现了一位在大学教授西班牙语的老师，他与主人公“我”围绕西班牙展开了如下对话：

西式白墙

“你去过西班牙吗？”他问道。

“很遗憾，没有去过。”我回答道。

村上春树关掉爵士咖啡店后潜心写作，完成了《寻羊冒险记》。其中也提及了十六世纪的西班牙。

在十六世纪的西班牙，全国各地遍布着牧羊人才能走的路，连国王都不得进入。

在这部作品中，村上春树不仅提到了十六世纪西班牙牧羊人专用路的相关历史，而且还让“西班牙制造”的弹子球机器出现在了自己的作品中。

像这样，青年时代的村上春树憧憬着西班牙文化，这份憧憬体现在他自己经营的爵士咖啡店的内部装潢以及他初期的诸多作品中。

2

西班牙之行

村上春树曾在 2009 年和 2011 年两度前往西班牙。在他的两次西班牙之行之前，村上春树在短篇小说《冰男》中，借女性主人公之口，吐露了想去西班牙的想法。

欧洲不就挺好的嘛，去西班牙那边好好放松一下！喝喝红酒，吃吃海鲜饭，看看斗牛。

另外，村上春树好像预见到自己要去西班牙的第二大城市巴塞罗那一般，在以“阪神·淡路大地震”为题材的短篇集《神的孩子全跳舞》的最后一篇《蜂蜜饼》中，他描写了身为短篇小说家的主人公淳平在阪神·淡路地震发生的 1995 年，因取材滞留巴塞罗那的场景。

地震发生时，淳平正在西班牙的巴塞罗那为航空公司机上杂志取材。

而九年后，村上春树真的去了巴塞罗那。

此外，村上春树还在《海边的卡夫卡》里通过两个登场人物的对话，透露了自己想去西班牙的愿望。在“吃海鲜饭”这一西班牙文化的设定下，甲村纪念图书馆的管理员大岛和十五岁的主人公卡夫卡展开了如下对话：

我们吃了大份的沙拉，又点了海鲜饭两个人分着吃。

“总有一天我会去西班牙的。”大岛说道。

紧接着，佐伯问卡夫卡：“你在想什么？”卡夫卡回答：“去西班牙的事儿。”

《海边的卡夫卡》出版后，新潮社还出版了《少年卡夫卡》，该书汇集了村上春树回答读者对于《海边的卡夫卡》的疑问的邮件。其中，

西班牙海鲜饭

在回复一名现居西班牙的女性读者的邮件时，村上春树问道："在西班牙的生活怎么样啊"，表现出了对西班牙的兴趣。

《少年卡夫卡》出版五年后，也就是2008年，村上春树在《天黑以后》的西班牙语版出版前，接受了西班牙杂志《读什么》(*Que Leer*）的记者安东尼奥·洛萨诺（Antonio Lozano）的采访。在采访中，村上称要在2009年春天去西班牙。然后，2009年3月，村上春树终于首次踏入了西班牙的土地。

2009年3月12日，村上春树到位于圣地亚哥·德·孔波斯特拉的罗萨利亚·德·卡斯特罗高中参加胡安·德·圣·克莱门特大主教奖的颁奖典礼。《海边的卡夫卡》的西班牙语版被当地高中生评选为2007年度第十三届最优秀外国文学。该奖项设立于1995年，每年获奖人数为三人，奖金为三千欧元。以往的获奖者中有马里奥·巴尔加斯·略萨和若泽·萨拉马戈（Jose Saramago)，二人都曾是诺贝尔文学奖得主。因此该奖项是具有权威性的国际性奖项。村上春树对获得该文学奖的前因后果进行了如下说明：

> 西班牙的加利西亚地区有一座名为圣地亚哥·德·孔波斯特拉的城市，这里的高中生们评选出"今年读过的最有趣的书"，并邀请获奖作者来他们学校。几年前，《海边的卡夫卡》被选中，于是我就漂洋过海来参加颁奖典礼了。

在学校的礼堂里参加完颁奖典礼后，村上春树和妻子洋子前往雷耶斯·卡托里克斯国营酒店（Parador Hostal Reyes Catolicos),

在那里和自己作品的西语译者加布里埃尔·阿尔瓦雷斯·马丁内兹（Gabriel Alvarez Martinez）相见。二人一见如故，一起散步，谈笑风生。之后，村上春树又与加利西亚的十名高中生共进了晚餐。对于当时的情景，村上春树回忆道：

> 在高中的礼堂举办了颁奖典礼，随后和大家围坐在桌子旁共进了晚餐。在此期间我和学生们交流了很多。只要一谈到小说，大家的眼睛都亮亮的。但是，不管是男生还是女生，几乎所有的学生都说进入大学后要选医学和工学专业，而不是文学。
>
> 有个学生告诉我，加利西亚地区并非一片沃土，也没什么像样的产业。大家不得不外出找工作，因此就必须掌握有实用价值的专业技术。真是些踏实的孩子呢！
>
> 在这个遥远的国度，有这样一群年轻人热情地、有时甚至是贪婪地阅读着我的小说，想起来就觉得十分开心。

离开圣地亚哥·德·孔波斯特拉后，村上春树来到了巴塞罗那，于3月16日去了2001年设立的文化机构“亚洲之家”（Casa Asia）。村上春树对该机构的致敬之行十分有意义。之所以这么说，是因为“亚洲之家”堪称联结西班牙和东洋的文化桥梁。次日，村上春树参加了图斯凯茨出版社（Tusquets）的四十周年纪念活动。村上作品的西班牙语版大部分都是由该出版社出版的。

作为纪念活动的一环，村上于晚间在豪梅福斯特图书馆（Biblioteca Jaume Fuster）举办了签名会，还与巴塞罗那电影导演伊莎贝尔·科赛特、杂志《读什么》的记者安东尼奥·洛萨诺三人举行了主题为“语言的价值”（El valor de la paraula）的座谈会。

2011 年 6 月 9 日，村上春树再次前往巴塞罗那。这次是为了参加加泰罗尼亚地区政府主办的第二十三届加泰罗尼亚国际奖的颁奖典礼。该奖项设立于 1989 年，用于表彰在人文科学领域取得成就的人，首次得到该奖项的日本人就是村上春树。在颁奖典礼上，村上春树发表了题为“作为非现实的梦想家”的演讲。在开头部分，村上提到了 2009 年初次来到巴塞罗那的情形，称赞了这座城市和生活在这里的女性：

> 我上次来巴塞罗那是两年前的春天。签名会时来了非常多的读者，队伍排了很长，一个半小时都没签完。要说为什么花了那么长时间，是因为很多女性读者向我索吻。
>
> 我之前在世界各地的其他城市也办过签名会，但却是第一次被女性读者索吻。由此可见，巴塞罗那是多么美好的城市。能再次来到这座历史悠久的美丽城市，实在是太开心了。

通过两次的西班牙之行，村上春树进一步感受到了这个地中海国家的魅力。他把对这里的憧憬融入到了自己的作品中。

在《没有色彩的多崎作和他的巡礼之年》中有这样一个场景：主人公多崎作和恋人沙罗商量着去拜访现居芬兰的旧友黑野，沙罗提到了位于地中海的西班牙著名岛屿。多崎作和沙罗的对话如下：

> “干脆就像前一阵在名古屋那样，不提前打招呼直接去见

她吧！”

“芬兰可比名古屋远多了。来回都要花时间的。要是直接去的话，黑野说不定早在三天前就去马略卡岛避暑了呢！”

这里沙罗提到的马略卡岛位于巴塞罗那南部的地中海地区，和梅诺卡岛、伊维萨岛一样，都是巴利阿里群岛的一部分，是著名的观光胜地。去过两次巴塞罗那的村上春树在该小说中再次提到了马略卡岛：

就像沙罗所说的那样，黑野有可能休了假，全家人一起去马略卡岛玩儿了。

两次巴塞罗那之行给村上春树留下了深刻的印象，短篇集《没有女人的男人们》中的《山鲁佐德》一篇也可作为佐证。村上春树在文中再次提到了巴塞罗那，对这座城市和西班牙足球做出了如下描述：

墙上挂着巴塞罗那足球队的挂历，好像还有队伍锦旗之类的东西，除此之外再没有别的装饰了。

圣地亚哥·德·孔波斯特拉路标

西班牙小镇

闭上眼睛用西班牙语从一数到十，再喊一声“结束了”！并拍了下手，虚脱感就像被风吹走了似的消失得无影无踪，这就是我的“咒语”。

——《舞！舞！舞！》

PART.2

村上文学万花筒

1

村上文学在西班牙

在以“西班牙文化”为题材的日本作家的作品中，不乏像五木宽之所著的《我心中的西班牙》和逢坂刚的《逢坂刚的西班牙赞歌》这样详细论述西班牙文化并盛赞其宏伟壮丽的著作。但是，本书并非要对西班牙文化论进行详细论述，而是要分析西班牙文化在村上春树作品中发挥的作用。

三岛由纪夫将西班牙建筑写入了作品中，为自己的文学世界赋予“西班牙式高贵”。同样地，在村上春树的作品中，西班牙语和西班牙文化则发挥着促使故事局面好转和“巫术”的作用。

提到巫术，J.G. 弗雷泽（Frazer）在其所著的《金枝篇——巫术和宗教的研究》第一卷《巫术和王的起源（上）》中有详细的论述。

弗雷泽主张：巫术就是依据“交感原则”的“交感巫术”，也就是事和物是如何相互作用的。这种对事物间相互作用的探究，就是“交感巫术”的基础。弗雷泽在书中将“交感巫术”分为以下四类：

（一）理论巫术（作为伪科学的巫术）；

（二）实践巫术（作为伪技术的巫术）：

①顺势巫术或模仿巫术（以相似律为基础），

②接触巫术（以接触律为基础）；

（三）公共巫术；

（四）私人巫术。

理论巫术是伪科学的巫术，虽成体系却只是纸上谈兵，并不适用于本书。实践巫术则伴随着实践，一般来说，巫术指的就是这种实践巫术。

实践巫术可分为顺势巫术或模仿巫术及接触巫术两种。弗雷泽对顺势巫术或模仿巫术做出如下说明：

巫师仅仅通过模仿就能得到任何他想要的结果。

在本书中，笔者选用“顺势巫术”这个术语。

此外，对于接触巫术，弗雷泽这样描述道：

巫师在某个物体上施加的作用，不管该物体是不是身体的一部分，都会对曾接触过该物体的人产生相同的作用。

公共巫术指的是古代社会中祭司执行的巫术，是为了共同体利益而进行的巫术。与之相对，私人巫术则是指为了个人利益而进行的秘密仪式或咒语。

除了上述巫术外，笔者还关注到交感巫术中使用的巫术行为所具有的“祈愿”和“除魔护身符”的作用。

弗雷泽还指出：“北欧神话中主神奥丁的名字，就是从优于且可支配自然的卢恩字母，也就是包罗万象的巫术概念中得到的。”这说明卢恩字母具有巫术的作用。

根据这种说法，村上作品中的西班牙语就像卢恩字母一样，也发挥着强有力的巫术作用。那么，在从语言学和巫术的观点分析村上春树的作品之前，我们先来看看村上文学在西班牙的接受情况。

村上春树第一部被译为西班牙语的作品是《寻羊冒险记》。该小说的译者是西班牙国立塞维利亚大学教授、日本文学研究者费尔南德·罗德里格斯·伊斯基耶多（Fernando Rodriguez Izquierdo），于1992年由巴塞罗那的阿那古拉马（Anagrama）出版社出版。费尔南德著有《日本俳句的历史及翻译》的研究类著作，曾因翻译安部公房的《他人的脸》获得1996年野间文艺翻译奖，是一位非常优秀的翻译家。然而，译作《寻羊冒险记》在西班牙却反响平平。时隔九年，村上的第二部作品才得以在西班牙翻译出版。

村上第二部被译为西班牙语的作品是《奇鸟行状录》，该长篇小说由卢德斯·波尔塔·胡恩特斯（Ludedes Porta Fuentes）和松浦惇一共同翻译，于2001年由巴塞罗那的图斯凯茨出版社出版，大获好评。此后，该出版社几乎垄断了村上作品西班牙语版的出版权。巴塞罗那报纸《前卫》（*La Vanguardia*）的文化版块记者罗伯特·萨拉多里加斯（Robert Saldrador）在《奇鸟行状录》的相关报道《展翅的绅士》

中赞赏道：

我认为村上这位人文主义作家已经确立起了自己作为三岛由纪夫、谷崎润一郎和大江健三郎的后继者的地位。

此后，村上的作品被陆续翻译成西班牙语。《斯普特尼克恋人》于2002年出版，《挪威的森林》改名为《东京布鲁斯》于2005年出版。《挪威的森林》的题目被改为《东京布鲁斯》的经过，和该小说在意大利被改名为《东京布鲁斯》的经过非常类似。村上春树凭借这本书，成为西班牙畅销书作家之一。

2012年《1Q84》（BOOK3）出版，同年10月《舞！舞！舞！》出版，译者是《1Q84》全三卷西班牙语版的译者加布里埃尔·阿尔瓦雷斯·马丁内兹，出版社是图斯凯茨。2013年，短篇集《神的孩子全跳舞》《睡》和《图书馆奇谈》由卢德斯·波尔塔翻译出版。2014年，《没有色彩的多崎作和他的巡礼之年》和短篇集《没有女人的男人们》由加布里埃尔·阿尔瓦雷斯翻译出版。2015年，处女作《且听风吟》和第二部作品《1973年的弹子球》被合并为一册，由卢德斯·波尔塔翻译，图斯凯茨出版。2016年，短篇集《象的失踪》由费尔南德·科尔多贝斯（Fernando Cordobeth）和萩原阳子共同翻译，图斯凯茨出版。同年，《袭击面包店》由卢德斯·波尔塔翻译，利布罗斯·戴尔·索尔·罗特（Lizos del Sol lot）出版社出版。此外，曾由费尔南德·伊斯基耶多翻译、阿那古拉马出版社于1992年出版的《寻羊冒险记》成为绝版，加布里埃尔·阿尔瓦雷斯再次将该小说译为西班牙语，2016 年 10 月由图斯凯茨出版，该译本的题目和阿那古拉马版相同。虽说成为绝版，但一部作品有两种译本还是非常有意义的。村上春树在随笔《我心中的捕手》中，强调了优秀的古典名作拥有多种译本的意义：

> 优秀的古典名作可以有多种不同的翻译。翻译并不是创造性的工作，仅仅是一种技术性的处理，因此，多种不同的形式并存是理所当然的。人们虽然经常使用“名翻译”这个词，但这个词换个说法，就只是“一种非常优秀的处理”吧。

也许在村上春树看来，不管是费尔南德·伊斯基耶多的译本，还是加布里埃尔·阿尔瓦雷斯的译本，皆可称为“一种非常优秀的处理”吧。

截止到 2017 年，村上春树共有二十四部作品被翻译为西班牙语。报纸《世界》（*El Mundo*）在 2008 年 1 月 31 日的报道中，对村上春树做出了如下评价：

> 在梦幻与真实的夹缝中，村上春树通过卡夫卡、死亡和爵士，成为世界上最伟大的小说作家之一。

对于村上作品在西班牙的人气，新闻《前卫》文化版块的记者哈维·艾因（Habi Aien）这样评价道：

终于，日本作家村上春树通过《挪威的森林》成功迷倒了西班牙读者。

正如哈维评价的那样，《挪威的森林》成为2005年度西班牙最畅销小说。这本书和美国小说家菲利普·罗斯（Philip Roth）的《反美密谋》、法国作家菲利普·克洛代尔（Philippe Claudel）的《灰色的灵魂》，荣列2005年度西班牙最畅销翻译小说前三名。

和《挪威的森林》一样，2007年获得加利西亚国际文学奖的《海边的卡夫卡》也颇有人气。根据《前卫》的调查，《1Q84》(BOOK3）在2011年10月19日和11月2日两次获得西班牙语小说部门畅销书榜第二名。此外，《没有色彩的多崎作和他的巡礼之年》也在2013年11月13日获得西班牙语小说部门畅销书榜第三名，同年12月4日获得第一名。

同时，村上文学的相关研究在西班牙也颇有进展。因翻译三岛由纪夫《青色时代》等作品而成名，二十世纪八十年代在东京大学任教，现任马德里康普顿斯大学教授的日本文学研究者卡洛斯·卢比奥在《村上的日本》中，从社会学的观点为西班牙读者详细解说了村上文学中反映出的日本文化。

卢比奥尤其关注村上作品中有关东京的描写，称这座大城市包含了两个相互交融的侧面：一个是高科技所代表的现代化的一面，另一个则是神社佛阁所代表的传统的一面。

此外，在《村上春树的世界》一书中，作者贾斯托·索特洛提出了可能世界论的观点，从必然性、可能性以及与事实相反的假设来分析村上春树的作品。而本尼托·艾里亚斯·加尔西亚·瓦莱罗在《村上春树的量子论式魔术》一书中，则是从物理学中量子理论的角度，分析了村上春树作品中出现的魔术。由此可知，在西班牙，村上春树系列作品具有很高的知名度。

为村上文学在西班牙普及做出贡献的是两位优秀的西班牙翻译家。一位是巴塞罗那女翻译家卢德斯·波尔塔·胡恩特斯，另一位是加利西亚男翻译家加布里埃尔·阿尔瓦雷斯·马丁内兹。二位分别翻译了《挪威的森林》和《1Q84》三卷。

除了这两位外，也有其他将村上文学译为西班牙语的翻译家。比如翻译《寻羊冒险记》《当我谈跑步时我谈些什么》的费尔南德·罗德里格斯·伊斯基耶多，和弗朗西斯科·巴伯伦（Franciscan Barberan）、卢德斯·波尔塔共同翻译《斯普特尼克恋人》《奇鸟行状录》全三卷的松浦惇一，于2014年共同翻译《地下》、2016年共同翻译短篇集《象的失踪》的费尔南德·科尔多贝斯和萩原阳子。

但是，村上作品的主要译者还是卢德斯·波尔塔·胡恩特斯和加布里埃尔·阿尔瓦雷斯·马丁内兹两位。通过二位的译本，村上文学在西班牙以及西语文化圈得以广泛传播。首先，来简单介绍一下两位的履历。

卢德斯·波尔塔·胡恩特斯毕业于西班牙国立巴塞罗那自治大学历史系，从2017年起，一边从事日本文学的翻译工作，一边在巴塞罗那市的官方语言学校担任日语教师。

加布里埃尔·阿尔瓦雷斯·马丁内兹从西班牙国立维戈大学翻译专业毕业后，获得日本政府的奖学金，于2010年10月至2012年3月在神户大学做旁听生，并于2012年4月起开始攻读神户大学的研究生课程，2014年3月获得硕士学位。此后，加布里埃尔·阿尔瓦雷斯通过对日本漫画中拟声拟态词翻译的研究，于2016年1月获得了维戈大学的翻译学博士学位。之后，开始从事日本文学和日本漫画的翻译工作。

通过二位优秀的翻译家，村上文学得以在西班牙普及。这不禁让笔者想到了村上文学在英语文化圈，尤其是在美国的翻译情况。何西阿·平田对村上文学在美翻译情况这样说道：

> 实际上，村上春树受到了译者的照顾。他作品的两位主要译者杰伊·鲁宾和阿尔弗雷德·伯恩鲍姆（Alfred Barbaum）虽性格迥异，但都是非常有才能的翻译家。

此外，村上春树也在与柴田元幸合著的《翻译夜话》中，对自己作品在美国的翻译情况进行了如下阐述：

> 我作品的英文版译者有两位。一位是美国人阿尔弗雷德·伯恩鲍姆，另一位是杰伊·鲁宾，伯恩鲍姆的译文波西米亚风十足。

2

跟着村上学西语

村上春树曾学过西班牙语，他的作品中也出现过学西班牙语的日本人、精通西班牙语的日本人和西班牙语母语者。

1992年，村上春树在美国的普林斯顿居住期间，曾学习过西班牙语。换言之，村上春树曾有过一段作为一名学习西班牙语的日本人在美国生活的时期。至于为何开始学习西班牙语，村上春树在《终究悲哀的外国语》中进行了详细的说明。

> 大约一年半之前，我在家附近的语言学校学了两个月西班牙语。虽然感觉来美国之后再学西班牙语有点儿奇怪，但我想去墨西哥旅游一个月，而且，翻译英语小说时需要用到西班牙语的基础知识，就想借此机会好好学一下。

村上春树在语言学校伯利兹（Berliz）和四个美国人一起学了两个月的西班牙语后，又通过一对一课程继续学习。村上在之后的翻译工作中，展示出西班牙语学习和墨西哥旅游的成果。他翻译了雷蒙德·卡佛（Raymond Carver）的短篇集《大象》中的一篇*Menudo*。menudo是阳性单数名词，指的是一种由各种内脏熬制而成的墨西哥料理。村上春树在该译作的导读部分，提到了墨西哥旅行和menudo。

在墨西哥旅游时，我有很多次机会可以吃menudo。但遗憾的是，我不爱吃内脏料理，最后还是没吃。

此外，村上春树还在《大萝卜和难挑的鳄梨》中，谈到自己学习西班牙语的经历。

我在学校学习英语和德语，单独跟着老师学习法语、西班牙语、土耳其语和希腊语，但最终掌握的只有英语。

村上春树在普林斯顿学习西班牙语时，注意到了美籍西班牙人的存在。对于在美西班牙语母语者，村上这样描述道：

在美国，会说西班牙语的人遍布大街小巷，这也是能轻易找到西班牙语老师的理由之一吧！我住的地方附近有一片美籍西班牙人居住区，走在那边，几乎只能听到西班牙语。

村上春树从墨西哥旅游归来后，在题为“墨西哥大旅行”的散文中，感慨西班牙语的学习非常有用。

> 之后，我通过一对一的课程断断续续地学习西班牙语。没过多久，我开始写小说，渐渐耽搁了西班牙语的学习。但是，在背着行囊独游墨西哥时，很少的西班牙语基础知识也派上了很大的用场。

在文章中，村上春树记录了自己喜欢的西班牙语单词，介绍了与西班牙语相关的知识，再现了自己与巴士乘务员用西班牙语进行的对话，并展示出了自己运用西班牙语的能力。

> 乘务员走到我面前告诉我说:“有可能会发生枪击，到时候就赶紧趴到地板上。”我的西班牙语非常烂，但不知为何，一到这种时候就听得格外明白。“是强盗吗？”我问道，乘务员小声回答:“是的。”

由此可知，村上春树运用西班牙语的能力可以说达到了很高的水准。他熟练使用了表达“盗贼”“强盗”意思的阳性名词“bandidos”。同样，在该游记中，村上还记录了有帽檐的帽子“sombrero”、单刃的宽砍刀“machete”，为降低车速在道路上安装的凸起物“tope”，以及1869年在墨西哥Tzotzil族的村落里发现的“会说话的宝石”(piedras hablantes)，表示当地头领或当权者的单词“cacique”。

此外，村上春树还在墨西哥游记中记录了“SOCIEDAD COOPERATIVA DE ARTESANIA UNION DE MUJERES EN LUCHA S.L.C”这样一个长词组，并将其译为“战斗女性们的合作社·民间工艺店”。此外，他还记述了在晃晃悠悠的墨西哥巴士上播放西班牙音乐的场景。

> 但是，在旅行途中听歌实在不是一件易事。因为，墨西哥的巴士上根本不存在“寂静”这种东西。
>
> 首先，车上毫无疑问会放墨西哥音乐。不是适中的音量，而是超大音量，震耳欲聋。所以，就算我戴好随身听的耳机，听到的歌声中还是会掺杂着墨西哥音乐。（中略）在这五六个小时中，窜进我耳朵的是“锵恰卡锵恰卡锵恰卡锵恰卡，Te quiero，mi amor，锵恰卡锵恰卡”这样永无休止的墨西哥歌谣。

这段记述中值得注意的是“Te quiero，mi amor”的表达，意思是“我爱你，我亲爱的人”。村上春树在如噪声般的墨西哥音乐中，清晰地听出了这句西班牙语并记录在游记中。同样，村上春树也基于自己的历史知识，在游记中记述了西班牙殖民者“conquistador”侵略恰帕斯的事实。

> 西班牙 conquistador（殖民者）在 1523 年来到这里，短时间内就用武力征服了印第安原住民，将占领的土地作为奖赏分给了士兵们。之后，为了开垦耕种，他们把印第安人当作奴隶任意驱使。

村上春树在墨西哥期间，一直在思考这个国家同西班牙的关系。紧接着，村上春树又在游记中记述了致力于中南美洲原住民解放的西班牙传教士巴托洛梅·德拉斯·卡萨斯（Bartolomé de las Casas）在墨西哥采取的行动。

作为印第安人的同伴，巴托洛梅·德拉斯·卡萨斯等基督教传教士保护这些原住民，向西班牙政府控诉殖民者的行径，并致力于废除奴隶制。

接着，村上春树还就西班牙人对墨西哥 Zinacantán 地区的影响进行了如下记述。

随着西班牙人的到来，这里发生了很大变化。在这一过程中，Zinacantán 和在那里居住的人们逐渐丧失话语权，彻底淹没在历史的洪流中。

村上春树在墨西哥旅行期间，思考了西班牙和墨西哥的历史渊源，并把这一思考转化为文字记录了下来。

3 故事中的及时雨

在村上作品中，学习西班牙语的人物有《挪威的森林》中的永泽和《1Q84》中的女主人公青豆。

永泽是主人公渡边彻的前辈，通晓多国语言。在书中，关于永泽学习西班牙语有这样一段描写：

> 他在房间里，一边看西班牙语讲座，一边喝着罐装啤酒。
>
> “马上就看完了，等我一下。”永泽说着，练习起西班牙语的发音来。我自己烧了热水，泡了袋装红茶喝了起来。西班牙女讲师读完例句“第一次碰上这么大的雨。巴塞罗那有好几座桥都被冲走了”。永泽跟着读了一遍，说道：“真是太过分了。外语讲座的例句净是这种类型，真是的！”
>
> 西班牙语讲座结束后，永泽关了电视，又从小型冰箱里拿

出一瓶啤酒喝了起来。

村上春树在自己作品中提到的“西班牙语讲座”指的是NHK教育频道的“西班牙语会话”。这个节目从1967年开始播出，一直到2007年。首次节目的讲师是西班牙语研究者山田善朗。2008年4月3日起，该讲座更名为“通过电视学西语”。

围绕西班牙语学习，主人公渡边彻和永泽展开了如下对话。

“嗯，怎么样都行吧。”我说道，然后拿起桌上的西班牙语教材看了起来。“你开始学西班牙语了吗？”

“是啊！外语还是会得越多越好吧，而且我天生擅长这些。”

然后，永泽称要在春天到来之前完全掌握西班牙语。他通过学习西班牙语，使迄今为止停滞不前的大学生活逐渐好转，自己的人生也渐渐有了起色。

而在《1Q84》（BOOK3）第八章，女主人公青豆在柳宅女主人的保镖Tamaru的帮助下，通过磁带开始学习西班牙语。

利用西班牙语的磁带，出声练习会话。（中略）

青豆一边练习着西班牙语会话，一边想象着哥斯达黎加海岸安静祥和的生活。

在暗杀了宗教团体“先驱”的领袖后，青豆躲在一处公寓里生活，为打破人生停滞不前的局面，她开始学习西班牙语。由此，青豆以往闭塞的人生开始好转，她和青梅竹马的天吾重逢，两人一起逃出了有两个月亮的平行世界，回到了只有一个月亮的现实世界。

在《没有色彩的多崎作和他的巡礼之年》的最终章中，村上春树也提到了西班牙语学习。

在满员电车上，或许能看看报纸或文库本，也可以用 ipod 听听海顿的交响乐和西班牙语会话。

由此我们可以说，西班牙语学习在村上春树的作品中作为转折点，发挥着促使故事局面好转的作用。此外，从巫术的观点来看，西班牙语学习也作为“咒语”，发挥着祈愿人生有所转机的巫术作用。

哥斯达黎加海岸

4 主客合一的世界

村上春树的作品中出现了两类西班牙语十分流畅的角色。第一类人虽以日语为母语，但西班牙语水平非常高，也就是精通西班牙语的日本人；另一类则是西班牙人，也就是西班牙语母语者。村上春树在自己的作品中，区分了这两类人的作用，并且赋予他们各自不同的巫术功能。

《1973年的弹子球》中的西班牙语教师在作品中帮助“我”寻找消失的弹子球机“SPACESHIP”。在翻译事务所工作的主人公和西班牙语教师见面后进行了如下对话：

> “我在大学教西班牙语。”他说，“这工作就像往沙漠里洒水。”
>
> 我钦佩地点头。

"你的翻译事务所不做西班牙语吗？"

"我做英语，另外一个人做法语，就这样已经手忙脚乱了。"

"太遗憾了。"他抱着双臂说。不过看样子他并不怎么遗憾。

他摆弄了一会儿领带结，问道："你去过西班牙吗？"

"很遗憾，没有去过。"我回答道。

西班牙语教师让"我"坐上计程车，带"我"走进了一个如同"大象的墓地"般冰冷彻骨的仓库。主人公在有七十八台弹子球机的"彼岸"世界里和"SPACESHIP"重逢，二者进行了极富诗意的交谈。

村上作品英译版译者杰伊·鲁宾在《村上春树和语言的音乐》中，将主人公和弹子球机重逢的时间、空间称为"寂静的、跨时空的、由回忆构成的另一个世界"，并将通往"另一个世界"的路看作"通往过去的路"。

也就是说，西班牙语教师为主人公指明一条"通往过去的路"，使得主人公从"此岸"跨越到了"彼岸"。那么，为何主人公想要"通往"另一个世界，就必须借助西班牙语教师的帮助呢？

"我"从事英语翻译工作，每天处在日、英双语的语言环境中。"我"为了找到失去的弹子球机，必须开拓出一条"通往过去的路"。为了"通往"非日常的"彼岸"世界，必须跳出日、英双语这个日常的语言环境。

同样，在村上作品中，西班牙文化也和西班牙语一样，发挥着巫术中介的作用。在《寻羊冒险记》中，"我"为了寻找好友鼠来到了北海道的牧场，和在那里工作的男性展开了如下对话：

“赶羊不好走吧？”

“简单得很！很早以前的人就一直这样干过来的。最近，牧羊人才在牧场安顿下来，在此之前，都是一年到头领着羊四处走的。在十六世纪的西班牙，全国各地遍布着牧羊人才能走的路，连国王都不得进入。”

这段十六世纪西班牙牧羊人专用路的逸闻作为某种巫术中介，发挥着诱导主人公从“此岸”通往“彼岸”的作用。之所以这么说，是因为听完这段逸闻后，主人公“我”就从“此岸”通往到时空完全不同的“彼岸”，在“彼岸”与如同地缚灵般的羊男相遇，并和附体在羊男身上的已死去的鼠聊了天儿。

除了十六世纪西班牙牧羊人专用路之外，村上春树还在该作品中写到了西班牙制造的弹子球机。他把弹子球机“放置”在北海道某旅馆，并这样描写道：

房间里有四台电视游戏机和两台弹子球机。弹子球机非常旧且便宜，现在已经买不到了，是西班牙制造的。

《斯普特尼克恋人》中的堇也发挥了相同的作用。

堇在上高中时，曾在在墨西哥城工作的叔父家里待了一个月。她觉得这是个机会，就开始学习西班牙语。在大学里也选了西班牙语课程。

因为高中时在墨西哥待过，大学时也坚持学习西班牙语，堇的西班牙语达到了很高的水平，她自己也说："我会说很多西班牙语。"堇因商务谈判去了欧洲，在那里给"我"寄了信，字里行间都表明了自己具备高超的西班牙语水平。

> 谈判总是用英语或法语，我都没什么出场的机会。平时旅游的时候，我的意大利语倒是派上了很大用场。要是去西班牙的话（很遗憾这次不去），我更能帮上她（雇主敏）的忙。

从后面敏的话中，我们也能够了解到堇的西班牙语水平。

> 不懂法语的堇借了车在附近兜风。在街上偶然认识了一位有钱的西班牙老妇人。两个人用西班牙语拉着拉着家常，关系就变得非常亲近了。

从"用西班牙语拉家常"可知，堇是一个精通西班牙语的日本人。而且，堇把发生在雇主敏和西班牙男子菲尔迪纳德之间如梦如幻的故事写下来保存在电脑里，之后，"我"看到了这个故事，间接体验了敏和西班牙男子之间发生的事情，从结果来看，也是从"此岸"通往了"彼岸"。

《斯普特尼克恋人》中出现的西班牙男子菲尔迪纳德承担了巫术的作用，为敏创造出将"此岸"和"彼岸"结合的主客合一的世界。村上春树在短篇《1963/1982年的伊帕内玛姑娘》中，这样描述主体和客体完全融合的世界：

> 我觉得总有一天，在遥远世界的某个奇妙的地方，我会和自己相遇。（中略）在那里，我是我自己，我自己是我。主体是客体，客体是主体。二者之间毫无缝隙，紧紧贴合在一起。这个奇妙的地方肯定存于世界的某处。

村上春树提到的主客合一的世界，在《斯普特尼克恋人》中，以西班牙语母语者菲尔迪纳德为媒介变为现实。村上还在该小说中对比中国古代的大门，说明了将“彼岸”和“此岸”结合的“巫术洗礼”的必要性。

> 大门建成后，他们牵来几条狗，用短剑割破狗的喉咙，把尚有余温的血泼在门上。枯骨和鲜血交融，古老的灵魂方才得到巫术的力量。（中略）写小说其实和这个非常相似。不管搜集再多骨头，建成再气派的大门，小说也不是活生生的。从某种意义上来说，“故事”并不属于这个世界。真正的故事必须要经过结合“此岸”和“彼岸”世界的巫术的洗礼。

在《斯普特尼克恋人》中，为敏进行“巫术洗礼”的不是别人，正是菲尔迪纳德。村上春树通过菲尔迪纳德与敏的相遇，详细刻画了这位西班牙男子的人物形象。

敏在街上和一名男子相识。男子五十岁上下，拉丁美洲人长相，非常英俊。高个子，鼻形好看且很有特点，头发又黑又直。在咖啡店，男子向敏打招呼，问她从哪里来，敏回答从日本，两个人开始聊天儿。他名叫菲尔迪纳德，巴塞罗那人，五年前开始在这里从事家具设计的工作。

敏坐在摩天轮里，透过窗玻璃俯瞰自己住的公寓，目睹了自己和菲尔迪纳德发生关系的场景。也就是说作为看的主体的敏，在摩天轮里透过窗玻璃观察公寓里作为被看客体的“另一个自己”。从认识论的角度来说，看与被看这组相互关系要想成立，主体和客体就必须分离，但村上春树为使主客合一的世界出现，就让西班牙语母语者菲尔迪纳德登场，并让该人物发挥了巫术作用。

换言之，在作品中，菲尔迪纳德通过和敏发生肉体关系，使结合“此岸”和“彼岸”的“接触巫术”洗礼得以进行。以该行为为媒介，认识主体和认识对象完全融合，主客合一的世界出现。

因此可以说，在村上春树的作品中，拥有巫术作用的西班牙语母语者使用“接触巫术”，将“此岸”和“彼岸”结合，创造出“主体即客体，客体即主体”的主客合一的世界。

此外，在短篇集《没有女人的男人们》的《山鲁佐德》里，同样也有类似的情节设置。和主人公羽原交往的女性就像《一千零一夜》中的王妃山鲁佐德一样，半夜会讲不可思议的故事，所以就称呼她为山鲁佐德。山鲁佐德坚信自己前世是七鳃鳗，她向羽原讲述自己中学时曾通过与西班牙男子的间接接触，体验过主客合一的世界。山鲁佐德这样描述前世作为七鳃鳗的自己：

我用吸盘紧紧吸附在水底的石头上，尾巴朝上，和周围的水草一样在水中缓缓摇摆。周围真的很安静，一点声音都没有。也可能是我没长耳朵的缘故。

在晴朗的日子里，阳光像箭一样从水面上直射下来。光有时会像棱镜一样向四周发出亮光。各种颜色和形状的鱼从我头顶缓缓游过。

山鲁佐德高中时，曾暗恋过同级的一个踢足球的男生，甚至旷课非法进到对方家里。山鲁佐德来到男生的房间，看到墙上挂着巴塞罗那足球队的挂历，好像还有队伍锦旗之类的东西。她从桌上偷拿了一支铅笔，并把自己的卫生棉条放到了抽屉最里面。

“感觉有点儿像巫术性质的仪式。”羽原说。

“嗯，从某种意义上来说，或许就是巫术行为。”

在海报里西班牙球员们的注视下，山鲁佐德如同举行巫术仪式般，交换了象征男性的视觉符号铅笔和象征女性的视觉符号卫生棉条，存于“今生”作为主体的山鲁佐德，和存于“前世”作为客体的七鳃鳗相融合，体验了主客合一的世界。

周围一如既往地安静，听不到一点儿声音。就这样，她和水底的七鳃鳗合二为一。

在西班牙语母语者间接的目光下，村上春树运用交换铅笔和卫生棉条这一模拟性行为，即不伴随身体接触的“模仿巫术”，将“此岸”和“彼岸”相结合，创造出了一个“主体即客体，客体即主体”的主客合一的世界。

5

西班牙音乐

出生于巴塞罗那近郊达拉哥那省的音乐家帕布罗·卡萨尔斯（Pablo Casals）是一位杰出的大提琴演奏家，他演奏过约翰·塞巴斯蒂安·巴赫（Johann Sebastian Bach）的《无伴奏大提琴组曲》，还演奏过加泰罗尼亚地区的民谣《鸟之歌》（*El cant dels ocells*）。此外，卡萨尔斯也是一名优秀的指挥家，曾指挥过《勃兰登堡协奏曲》。《勃兰登堡协奏曲》是巴赫 1721 年献给勃兰登堡的克里斯蒂安·路德维希侯爵的作品集，由六首协奏曲构成。

在《世界尽头与冷酷仙境》中，主人公“我”和博士的孙女——一个总是穿粉色衣服的女孩——聊天儿时，说起了卡萨尔斯指挥的《勃兰登堡协奏曲》。

“是《勃兰登堡》吧？”她问道。

“你喜欢听吗？”

“嗯！非常喜欢，经常听。我觉得卡尔·李希特（Karl Richter）的版本最好。你这个录音还蛮新的，嗯……是谁的来着？”

“特雷沃·平诺克（Trevor Pinnock）的。”我说。

“你喜欢平诺克吗？”

“还好，刚好看见就买了。不过还挺不错的。”

“你听过帕布罗·卡萨尔斯的版本吗？”

“没有。”

“那你应该听上一次。虽说不上正统，但非常惊心动魄。”

此外，西班牙流行音乐，尤其是胡里奥·伊格莱西亚斯（Julio Iglesias）演唱的歌曲《重新开始》（*Volver a empezar*），在村上春树的作品中发挥了巫术性质的作用。

在《村上朝日堂》的《胡里奥·伊格莱西亚斯哪里好（一）》和《胡里奥·伊格莱西亚斯哪里好（二）》两篇文章中，村上春树将年过三十的已婚女子爱慕除自己丈夫外的英俊男子的现象命名为“胡里奥症候群”。村上还对胡里奥·伊格莱西亚斯的人气加以了肯定：

为何胡里奥·伊格莱西亚斯拥有如此高的人气？这是个值得思考的问题。

此外，从村上作品中英俊的西班牙男性角色身上，我们也能看到胡里奥·伊格莱西亚斯的影子。

比如，前面提到的《斯普特尼克恋人》中的菲尔迪纳德。他五十岁左右，是个英俊的西班牙男子。在菲尔迪纳德与堇的雇主敏相遇后，村上这样描述这位巴塞罗那出身的男子：个子高，鼻形好看且很有特点，头发又黑又直。这样的人物设定和外形描写，让人不禁联想到全盛时期的胡里奥·伊格莱西亚斯。

此外，村上还在作品中多次提到胡里奥的歌声。在短篇《家务事》中，有“妹妹放了胡里奥的唱片”的描写，在超短篇集《夜半蜘蛛猴》里的《胡里奥·伊格莱西亚斯》和《扑克牌》中，提到了胡里奥演唱的歌曲《重新开始》。

《胡里奥·伊格莱西亚斯》和《扑克牌》两篇被称为“海龟系列”。住在海边的主人公为了摆脱海龟的袭击，开始放《重新开始》的唱片。

> 凌晨时分，门口传来“啪嗒、啪嗒”的脚步声，我赶紧把唱针提上唱片。胡里奥·伊格莱西亚斯以糖水般的嗓音唱起《重新开始》，脚步声立即停止，紧接着传来海龟痛苦的呻吟。没错，我们战胜了海龟！

在《扑克牌》的开篇，村上春树这样写道：

> 胡里奥·伊格莱西亚斯的唱片听到坏掉后，我们再也没有办法抵御海龟的攻击了。因为每晚都在放《重新开始》，我们才能勉强把海龟从住处赶走。

村上春树在《村上朝日堂：斯迈尔加克夫对战织田信长家臣团》中，提到了胡里奥·伊格莱西亚斯的歌声：

> 看过“海龟系列”的读者们想必知道，海龟对胡里奥·伊格莱西亚斯的歌声过敏。在遭受邪恶的海龟袭击的夜晚，只要不断放胡里奥《重新开始》的唱片，就能平安无事。海龟是绝对不会靠近的。

从巫术的观点重新审视作品可知，胡里奥·伊格莱西亚斯的歌声作为“除魔护身符”，发挥了退治海龟的作用。

在《舞！舞！舞！》中，“我”面对停滞不前的局面，为了消除虚脱感让事情好转，便用西班牙语从一数到了十。

> 闭上眼睛用西班牙语从一数到十，再喊一声“结束了”！并拍了下手，虚脱感就像被风吹走了似的消失得无影无踪，这就是我的“咒语”。

此外，笔者还从音乐节奏的角度，考察了作品中西班牙语所具备的巫术作用的特点。耐人寻味的是，村上春树在《寻求不同的声音》中，强调了写作和音乐的关系：

> 不管是音乐还是小说，节奏都是最基础的东西。如果文章不自然流畅，没有明确的节奏，读者便会读不下去。我从音乐

（尤其是爵士）那里学到了节奏的重要性。然后，再配合节奏谱写旋律，也就是进行合适的表达。

村上春树还在《与小泽征尔共度的午后音乐时光》中，指出将音乐节奏引进文艺评论的必要性：

一位新作者出现，他究竟会坚持下来还是只是昙花一现，看看他的文章有没有节奏感就基本知道了。但是很多评论家并不关注我所说的这一点。

村上春树阅读了来自世界各地读者们的邮件，并认真地给出了答复，集合了这些回信的书就是《村上先生的地盘》。在该书中，他讲述了自己的文章和音乐节奏间的密切关系。

我的文章受音乐影响非常大。我会回过头来看自己的文章，同时在脑海中检查节奏、回响和情节发展，有时候还会读出声来。

此外，在《我的职业是小说家》中，村上春树再次强调了写作和音乐节奏间的联系：

于我而言，写文章的技巧与演奏音乐的技巧是相通的，特别是爵士乐。众所周知，节奏是爵士的灵魂。一首爵士乐必须从始至终保持着明确的节奏，否则就不会有听众。

（中略）

我不会演奏乐器，至少没有到可以演奏给别人听的程度。但是，想演奏乐器的愿望却非常强烈。所以刚开始的时候我就想：只要像演奏音乐那样写文章不就好了！这个想法一直持续到今天。

就这样，我一边敲着键盘，一边探求着正确的节奏、合适的回响和音色，对我的文章来说，它们都是一成不变的、非常重要的要素。

在本章的最后，笔者觉得有必要进行一个简单的总结。

在《西班牙语发音教程》一书中，纳瓦罗·托马斯站在西班牙语发音理论的角度，指出西班牙语中存在“重音节奏”（acento ritmico），并对“重音节奏”做了如下说明：

在一系列连续的音节中，各组音节从重音开始，通过弱音来连接和柔化。听觉由此来分辨轻重音之间的转化。

由此我们可以知道，西班牙语中轻重音之间的相互作用，赋予了这一语言独特的节奏。此外，埃塞尔·瓦里斯也指出，现代西班牙语具有“音乐一般的声调”。奥克塔维奥·帕斯也在《弓与琴》中指出节奏本身就具有“除魔”的巫术作用：

节奏可以为某种力量施加魔法，也可以俘获某种力量，还能除魔。同时，在恶魔出现、神灵降临，或是旧时代终结，新时代开启的重生时刻，节奏还具有纪念作用。

宇宙的节奏能够激发创造力，也会与人内心的渴望——降雨、充足的猎物、敌人的衰亡——产生共鸣。

村上春树并不了解西班牙语发音理论的相关知识，但他写出的小说却可称为“语言的音乐”。他在自己的作品中以节奏为媒介进行书写，把节奏独特的西班牙语作为一种“巫术符号”引入作品。当以英语或日语为语言背景的故事情节出现停滞时，西班牙语则发挥了促使故事继续前进的作用。

此外，在短篇小说集《神的孩子全跳舞》的最后一篇《蜂蜜饼》中有这样一段描写：

发生地震时，淳平正在西班牙的巴塞罗那为航空公司机上杂志取材。傍晚回到酒店打开电视，新闻里正在播放楼房倒塌、黑烟升起的画面，整个城市就像被轰炸过。播音员说的是西班牙语，淳平一时半会儿不知道是哪个城市，但不管怎么看都是神户。几处熟悉的风景映入眼帘，芦屋附近的高速公路支离破碎。

在这里，村上春树选择了西班牙第二大城市巴塞罗那，作为连接阪神·淡路大地震和主人公的“交点”。离开巴塞罗那后，淳平和大学时代起一直暗恋的小夜子结合。村上春树这样描写时空的摇晃和两人结合前的征兆：

> 就像窗边的窗帘被微风吹拂一般，淳平内心的时间轴也开始摇晃。他把手伸向小夜子的肩膀，她握住了他的手。随后，两人在沙发上抱在一起。

由此可知，“巴塞罗那”这个词对主人公淳平起到了“接触巫术”的作用。主人公在感受到时空的摇晃之后，和爱慕数十年的女性小夜子结合。从巫术的观点也可以这样解释：“巴塞罗那”这个词如同卢恩字母一般发挥了巫术作用，使作品中的时空发生摇晃，使主人公多年的夙愿得以实现。

《勃兰登堡协奏曲》所属专辑

《重新开始》所属专辑

凡·高和毕加索的画刚出现时，大多人觉得难以接受，甚至会产生不快感。但到了现在，很少有人会因看到他们的画而感到心烦意乱或不悦。大多数人反而会被感动，被激励，被治愈。这并不是说随着时间的流逝，他们的画失去了原创性，而是人们的感觉被这种原创性所同化，并把其作为一种“参考标准”，自然而然地接受了。

——《我的职业是小说家》

PART.3

在绘画上漫步，在历史中游走

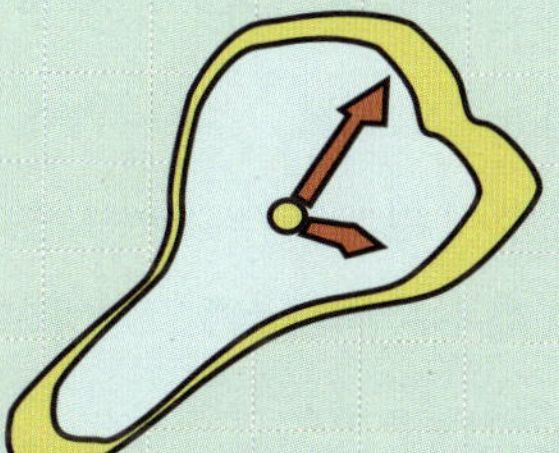

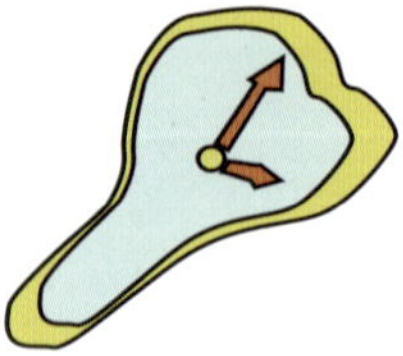

1

蓝色毕加索

村上春树为两位西班牙现代绘画大师——巴勃罗·路易斯·毕加索（Pablo Ruiz Picasso）和萨尔瓦多·达利（Salvador Dali）的作品所倾倒，并把两位画家绘画中的视觉效果、笔触和世界观反映在自己的作品中。因此，我们首先需要了解一下毕加索和达利的绘画作品。

村上曾在《西班牙幸福小村的壁画》一文中提到了毕加索的绘画。

杂志《生活》曾报道过，在距西班牙首都马德里约一百六十公里的西北方向，有一个名为卡尔托哈尔（Caltojar）的村庄。该村为纪念毕加索一百周年诞辰，在村里的墙壁上画了很多他的名作。村上春树受报道中这些画的启发，写下了《西班牙幸福小村的壁画》。文中，村上提到了毕加索的“蓝色时期”，并这样描写壁画产生的过程：

壁画网罗了毕加索从蓝色时期到《格尔尼卡》的许多有名作品，绘画技术十分高超，令人惊叹。这些壁画并没有专家指导，也并非出自绘画班学生之手。在毕加索一百周年诞辰时，村里的某人提出“咱们试一下吧”，其他人表示赞成，就这么简单。用于参考的毕加索原始作品是从杂志上剪下来的图或是明信片，把这些做成幻灯片的照片，用投影仪投在墙上。大家先用粉笔勾边，再在白天一起涂色。

村民大都是老人和小孩。学生们聚在一起，讨论着怎么才能画出毕加索“蓝色时期”的作品。

紧接着，村上春树描述了卡尔托哈尔村的风土人情和毕加索壁画的配色之间的关系：

卡尔托哈尔村的毕加索绘画非常自然地融入到那里的风景和人们的日常生活中。两位身穿黑衣服的大妈，头上顶着装有猪内脏的桶，走过《三个音乐家》的壁画。当然，也有可能和照片的构图有关，阳光、建筑物的阴影、树的颜色，一切都与毕加索绘画的配色非常和谐。

此外，他还称西班牙村庄干巴巴的白墙和毕加索的画非常相称。

村上春树在成为小说家以前，经营过一家名为“彼得猫”的爵士咖啡店。“彼得猫”的内部装潢也使用了西班牙风格的白色墙壁。因此可以说，村上春树从青年时期起，就对西班牙式的墙壁情有独钟。

除了《西班牙幸福小村的壁画》外，村上还在《舞！舞！舞！》中再次提到了毕加索。

牧村拓又一言不发地盯着高尔夫俱乐部。

“好奇怪！”他说，“你让我联想到了一些东西。是什么呢？”

“是什么呢？”我问道。是什么呢？是毕加索的《荷兰风格的花瓶与三个蓄胡骑士》吧。

但是，毕加索并没有名为“荷兰风格的花瓶与三个蓄胡骑士”的绘画作品。这个画名是村上春树根据毕加索的作品自己创造出来的，灵感就来源于上文提到的《三个音乐家》。

村上参照这个画名，把“音乐家”改成“骑士”，并且在“骑士”前加了“胡须”这一令人忍俊不禁的视觉符号。他“歪曲”了原画名中词汇的排列，创造出自成一派的幽默世界。

毕加索研究者皮埃尔·卡瓦内斯（Pierre Cabanes）称，《三个音乐家》是立体主义的里程碑，是毕加索的集大成之作。同时，这幅作品也是综合立体主义最后的焰火。而在此之后，村上春树也写出了由三卷组成的里程碑之作——《1Q84》。

换言之，村上春树将毕加索作品《三个音乐家》中的视觉世界转化为“书写”，创造出了《1Q84》这样的文学杰作。

此外，在《舞！舞！舞！》中，村上春树还记述了毕加索的创作时期和人生经历之间的关系：

很多诗人、作曲家的人生就像一阵疾风。他们上升得太快、太高，不到三十岁就英年早逝。而巴勃罗·毕加索年过八十还坚持绘画，就这样平静地离世。

当时三十多岁的村上春树对比了英年早逝的诗人、作家和毕加索，并对毕加索直到晚年还坚持创作表示了敬意。同样，村上春树现（2017年）虽已年过花甲，但仍笔耕不辍，连续出版了《没有色彩的多崎作和他的巡礼之年》，短篇小说集《没有女人的男人们》和《我的职业是小说家》。

在《我的职业是小说家》中，村上春树提到了人们对毕加索画作产生的艺术效果的接受过程及凡·高的绘画：

凡·高和毕加索的画刚出现时，大多人觉得难以接受，甚至会产生不快感。但到了现在，很少有人会因看到他们的画而感到心烦意乱或不悦。大多数人反而会被感动，被激励，被治愈。这并不是说随着时间的流逝，他们的画失去了原创性，而是人们的感觉被这种原创性所同化，并把其作为一种“参考标准”，自然而然地接受了。

在短篇集《东京奇谭集》的其中一篇《在所有可能找见的场所》中，村上春树借谈论高尔夫球场的主人公之口，再次提到了毕加索：

你能想象到穿着高尔夫球鞋的高更、凡·高和毕加索跪在十号球洞的果岭上观察草坪的场景吗？

村上春树通过描写毕加索和高尔夫球场这对偶发性的组合，为作品增添了滑稽的色彩。

毕加索早期创作风格多变，其中有一段被称为“蓝色时期”。村上春树将毕加索这段时期画作承载的情感——青年时期有关死亡的光与影——投射到了自己的作品中。

首先，让我们简单地来了解一下毕加索“蓝色时期”创作风格形成的背景。

1900年，毕加索和好友卡洛斯·卡萨吉玛斯（Carlos Casagemas）一起来到巴黎，在蒙马特尔开始租房生活。在这期间，卡萨吉玛斯爱上了洗衣女工杰曼（Germaine），因求爱不成而开枪自杀。毕加索为悼念好友，创作了大面积使用蓝色的作品《卡萨吉玛斯的葬礼（追忆）》。此后，《人生》《赛乐丝汀娜》《熨烫衣服的女人》等以蓝色为基调的杰作也陆续诞生。

毕加索在“蓝色时期”表现出的“青年时期与死亡有关的丧失感”，和村上春树以“青年时期的死亡与重生”为主题的现实主义小说《挪威的森林》的主题不谋而合。

《挪威的森林》中描绘的木月、直子的死和渡边、木月、直子三人之间的情感纠葛，酷似《人生》背后的卡萨吉玛斯的死和毕加索、卡萨吉玛斯、洗衣女工杰曼之间的纠葛。

在《挪威的森林》中，村上春树只是间接地反映出毕加索“蓝色时期”所承载的情感。而在之后《没有女人的男人们》的《山鲁佐德》

中，村上为了表现“时过境迁后已黯淡的青年时期”，直接提到了“蓝色时期”。

> “人生真是奇妙！有时候你会觉得它光芒万丈，为了拥有这种光芒，你甚至愿意牺牲一切。可过了一段时间，或者换个角度看，你会惊讶地发现那光芒已然黯淡，会对过去的自己产生怀疑。这就是我的‘非法侵入’时期。”
>
> 说得就跟毕加索的“蓝色时期”似的，羽原心想。

在这里，村上春树将山鲁佐德高中时近乎疯狂的经历类比成毕加索的“蓝色时期”。我们知道，毕加索“蓝色时期”的形成深受好友卡萨吉玛斯之死的影响，但纵观毕加索整个绘画生涯，“蓝色时期”不过是早年的风格而已。不得不承认，和《三个音乐家》《格尔尼卡》等顶级杰作相比，“蓝色时期”的作品皆黯然失色。但这也恰恰与村上作品的主题——时过境迁后已黯淡的青年时期——呼应了起来。

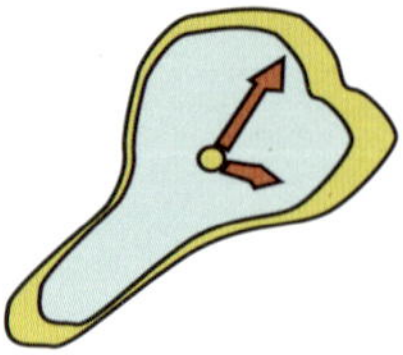

2

记忆的永恒

村上曾是兵库县神户高中新闻委员会的成员，负责撰写学校的新闻报道，高三时曾担任新闻委员会的委员长。这位后来成为日本现代文学代表作家的少年，当时曾撰写过题为《参观达利画展》的新闻报道。

文中，村上从二十世纪世界美术史的角度出发，简述了从毕加索崭露头角到达利声名鹊起这段时间美术史的发展历程：

> 画家们否定了印象主义，之后出现了毕加索、马蒂斯、蒙德里安以及夏加尔。直到二十年代，超现实主义派的达利才登场。

此外，当年还是高中生的村上春树还出色地分析了达利的《柔软的时钟》：

> 比如说《柔软的时钟》。这是超现实主义者达利的经典作品，充分展现了他独特的风格。画面中央有一个软塌塌的闹钟，远处地平线上有一把向未知世界延展的弯曲的钥匙。此外还有玫瑰花、土墙。这些元素共同组成了一个谜一样的世界。那个柔软的时钟是达利特有的对柔软物体的憧憬，也是他对冰冷坚硬、棱角分明的现代文明的反抗。

在这篇文章中，村上春树把柔软的时钟，看作达利对钢筋混凝土的高层建筑所代表的坚硬、冰冷、非人性化的现代文明的批判。紧接着，村上春树又从弗洛伊德的观点出发，谈到了达利的《美国诗歌》《建筑学的米勒的晚钟》和《纳喀索斯的变形》（*The Metamorphosis of Narcissus*）这三幅作品。

> 《美国诗歌》《建筑学的米勒的晚钟》《纳喀索斯的变形》等都是我喜欢的作品。但是，我并没有完全理解它们。或者说，理解是不可能的，是没有必要的。我精读弗洛伊德的理论，这帮助我在很大程度上理解了达利的作品，但同时，达利的作品绝对不是单靠这些就能完全理解的。

村上春树在该美术评论的结尾这样写道：

果然，不管从哪个角度来说，达利都是个谜，是我们望尘莫及的，拥有超能力的大天才。

高中时期，村上春树基于弗洛伊德的理论，对达利的超现实主义绘画进行了评价。此后，他在东京成为了小说家，而达利时钟世界对他的影响，也体现在他的作品中。村上在《且听风吟》中，模仿达利的绘画世界，再现了一个时钟停止的时空：

越往下走，井底逐渐变得舒适起来，开始有股奇妙的力量温柔地包裹着他。下降了大约一公里后，他随便找了个洞钻了进去，沿着弯曲的路，漫无目的地一直走。他不知道自己走了多久，因为时钟已经停止转动了。

而在《海边的卡夫卡》中，自从二十岁那年恋人在校园冲突中被杀以来，佐伯一直生活在停滞的时空中。而通过卡夫卡和大岛的对话，我们也能联想到达利的时钟世界：

“佐伯的人生基本上在他（佐伯的恋人）去世那年，也就是她二十岁那年就停止了。不对，不是二十岁，有可能更往前，但具体的情况我就不清楚了。这一点你必须理解。埋藏在她灵魂中的时钟在某一时刻戛然而止。当然，在那之后，外在的时间依然在流逝，这也对她产生了现实性的影响。可对于佐伯来说，那样的时间几乎没有意义。”

"没有意义？"

大岛点头："形同于无。"

"也就是说，佐伯始终生活在停止的时间中？"

"没错。"

恋人去世后，佐伯内心"停止的时间"和达利的代表作《记忆的永恒》中的视觉世界有共通之处。

安德烈·布勒东（André Breton）在《超现实主义和绘画》中指出，超现实主义绘画的手法之一是"时间的固体化"。同样，《海边的卡夫卡》中描写时间时，也使用了这一手法。之所以这么说，是因为佐伯的内心世界因为恋人的死出现了"时间的石化"，从而导致了她心理时间的停止。

此外，在运用摄像机镜头和电影语言创作的小说《天黑以后》中，村上春树还打造了一个以时钟为基础的世界。

故事发生在深夜十一点五十六分到早晨六点五十二分的六小时五十六分期间，中间断断续续地插入了各种各样的小故事。将这些小故事串连起来的，是二十八幅按照年代顺序排列的圆形时钟插图。关于这一点，市川真人指出："从某种意义上来说，《天黑以后》这部作品的主人公是'时间'。登场人物虽非常分散，但是时间将他们联系在了一起。"

由此可以说，该作品中圆形时钟的插图以及"时间"的概念，都源于村上春树高中时期深受震撼的达利所画的时钟。

此外，《1Q84》（BOOK2）中的时钟也令人联想到达利的绘画世界。

主人公青豆身处两个月亮共存的平行世界，和宗教团体“先驱”的领袖对决时，“先驱”的领袖用座钟向青豆展示了自己的超能力。

> 座钟渐渐离开柜子表面，向上飘浮。向上移动了大约五厘米，仿佛在犹豫一般，轻轻震动着，然后在半空中停了十秒。

村上春树的这段描述让人联想到安德烈·布勒东在《超现实主义和绘画》中对达利的时钟世界的描述。

> 萨尔瓦多·达利柔软的时钟，是有关时间和空间深情的、超乎想象的、孤独的、怪异的、批判性的卡蒙贝尔奶酪。

在《1Q84》中出现的悬浮的座钟和达利的《记忆持久性的解体》的视觉效果非常相似。在《记忆的永恒》中，三个时钟都处在其他物体的支撑下，没有悬浮在空中。而以解体为目的创作出的这幅《记忆持久性的解体》则超越了《记忆的永恒》，该作品画面中央的时钟一边解体一边在半空中扭曲、摇晃、飘浮。

西班牙文学研究者柳原孝敦指出：“在村上春树的作品中，也能看到这种扭曲时间的创作手法。”也就是说，村上春树的作品中不仅有时间的停止，而且有像扭曲的时钟一样摇晃的时间和空间。

村上春树在《神的孩子全跳舞》的《蜂蜜饼》中描写的场景，也令人联想到达利创造出的摇晃的时间和空间。主人公淳平因工作去西班牙后，时空发生摇晃，故事情节也有了很大的进展。

就像窗边的窗帘被微风吹拂一般，淳平内心的时间轴也开始摇晃。他把手伸向小夜子的肩膀，她握住了他的手。

达利出身于加泰罗尼亚的海滨城市菲格雷斯，而村上春树则是把达利故乡——加泰罗尼亚地区的中心城市巴塞罗那写到自己的作品中，再现了超现实主义中时间和空间的摇晃。

到目前为止，本书只是考察了村上作品中类似于达利绘画的超现实主义的时间和空间，其实，许多国内外研究者都曾指出，村上春树创作的故事也呈现出超现实主义的色彩。比如，村上作品法语版的译者科里努·亚特兰指出：

再看几篇短篇小说，就更会被村上的世界所吸引。那么，它的魅力是什么呢？是可以和卡夫卡相媲美的没有条理、难以名状的超现实主义要素，是像法国作家鲍里斯·维昂一样现实和梦境交错的故事内容，还有就是文体和文风。

此外，大和田俊之也在论文《村上春树在“00年代”的美国》中指出“超自然”“超现实”的结构，和“消失的女性”“进入其他次元的登场人物”等原创主题，是村上作品最为人乐道的特点。村上春树本人也在与法国记者敏·特朗·由衣的题为“所谓写作，就是一边清醒一边做梦”的对谈中明确提出，自己想邀请读者们走进超现实主义的世界：

我们都相信，自己生活在比较健康的世界里。我想做的，就是撼动人们对这个世界的感知和看法。我们其实有时生活在混沌、疯狂和噩梦中。我想让读者走进充满暴力、不安和幻觉的超现实主义世界。通过这些，人们或许可以看到一个新的自己。

对于村上春树来说，超现实主义世界就是时间和空间或停止、或扭曲的世界。在《奇鸟行状录》中，村上春树描写主人公冈田亨和加纳克里他的对话时，也提到了超现实主义绘画。

“我和你在意识中发生了关系。”

这句话说出口后，我的心情就像是在雪白的墙壁上挂了一幅大胆的超现实主义绘画。

冈田亨和加纳克里他在冈田的梦境里，而不是在现实世界中发生了性关系。村上春树将这种梦幻的感觉比喻为“像是挂了一幅超现实主义绘画”。在引用部分中，村上春树为了使作品拥有多样的解读，只说了“超现实主义绘画”，而没有具体地指出是哪一幅画。但是，考虑到村上春树从高中时代起就偏爱达利的作品，这幅“超现实主义绘画”有很大可能性就是达利的某幅作品。

村上春树在散文集《爱吃沙拉的狮子》中，也提到了达利。

白色的狗在附近晃晃悠悠地散步，看到一根达利风格的极具艺术感的棍子掉在路边。“好酷啊”，它一边想一边叼起了棍子。

狗叼着棍子得意扬扬地走在街上，一个小孩看到之后说：“妈妈，我也想要那根超现实的棍子。”于是那小孩儿的妈妈对狗说：“不好意思，请问可以把这根棍子让给我吗？我送你三张抽奖券。”

“好啊！”狗回答道。

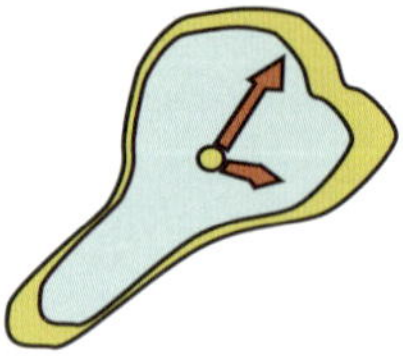

3

伤痕与新生

1936年7月17日，时属西班牙殖民地的摩洛哥爆发内乱。该内乱迅速在西班牙全境蔓延开来，持续了三年之久，于1939年结束。

这是弗朗西斯科·佛朗哥（Francisco Franco）率领的国民军和第二共和国政府军之间的战争，国际势力也卷入其中。纳粹德国、意大利支持佛朗哥，社会主义势力则支持第二共和国，他们组成了国际纵队，和第二共和国并肩战斗。作家欧内斯特·海明威（Ernest Hemingway）、乔治·奥威尔（George Orwell）都曾是国际纵队的一员。

村上春树曾在题为《难以开口》的文章中提到了西班牙内战。他由比莉·荷莉戴（Billie Holiday）的歌曲《难以开口》（*I Can't Get Started*）联想到了西班牙内战，并称："我一坐飞机，就会条件反射地想起《难以开口》这首歌。"

我曾坐飞机环游世界，
也曾调停过西班牙革命，
也曾踏破北极点，
但在你面前，我无法踏出一步。

村上春树还将二十世纪三十年代西班牙的社会情况和海明威联系了起来。

那时，激烈的内战在西班牙蔓延，支持共和制的热情的冒险家们（比如欧内斯特·海明威等）加入了义勇军，奔赴西班牙与法西斯主义者斗争。

耐人寻味的是，村上春树关注的是西班牙内战中的国际势力，将重点放在了加入义勇军，也就是国际纵队的海明威身上。

村上春树在列举了《难以开口》的不同版本后，一边听比莉·荷莉戴演唱的版本，一边追想西班牙内战和这个国家温暖的阳光。

然后我闭上眼睛，想到了西班牙内战。我并没有参加过这场战争，也从没想过要参加（因为当时我还没出生呢）。即便如此，我还是不由分说地回到了西班牙内战时的光景中。我想象着头顶的乌云，还有乌云背后明亮温暖的太阳。

在文章的结尾，村上春树写到了《难以开口》这首歌与坐飞机旅行和西班牙内战三者间的关系。

> 我暗自揣测，这个世界上有几百人，甚至几千人会像我一样，每次坐飞机都会哼唱《难以开口》的开头部分。我们每个人都怀着各自的“西班牙内战”、各自的“北极点”、各自的乌云和各自的光，静静地飞向夜空。

此外，村上春树还在与美国记者罗兰德·凯尔茨（Roland Celts）的“世界上最喜欢的三座城市”的对谈中，再次提到了西班牙内战。

> 我一坐飞机，就会想到西班牙内战。一想到西班牙内战，就会想到欧内斯特·海明威。

由此可知，村上春树是站在曾经是国际纵队一员的海明威的立场上，来看待西班牙内战的。此外，在《我的职业是小说家》中，他还提到了斗牛、海明威和西班牙的关系。

> 正因为海明威是那种从原材料中汲取力量来写作的作家，他才会积极参与战争（第一次世界大战、西班牙内战、第二次世界大战），前往非洲狩猎，四处钓鱼，并沉迷于斗牛。

在这本书中，村上还论述了海明威所代表的“行动派作家”和西班牙内战之间的关系。

世人还在期待经典的小说家——从破绽和混沌中催生文学的反社会文人——的出现，抑或还渴望有像海明威那样参加西班牙内战、在枪林弹雨中敲着打字机的“行动派作家”吧！

接下来，让我们看一下村上作品中有关西班牙内战的描写。

村上第一次提到西班牙内战是在《舞！舞！舞！》中。主人公“我”在北海道札幌海豚宾馆的某个房间，读起有关西班牙内战的书。

不知道什么时候会打电话过来，也不想出门，在屋里待着的话就只能看书了。看完了杰克·伦敦的传记，又开始看有关西班牙内战的书。

在描写主人公和宾馆前台由美吉的对话时，村上春树再次写到了西班牙内战。

“这是什么书？”

“写西班牙内战的，详细地记述了战争的整个过程，很有启示作用。”西班牙内战曾确确实实地发生过，是一场很发人深省的战争。

由此可知，于村上而言，西班牙内战不单单是一个国家的内战，他以第二共和国和法西斯势力的对立为基础，从国际性、思想性的层面出发，高度评价了西班牙内战。

此外，在《海边的卡夫卡》中，村上春树也提到了西班牙内战。

卡夫卡和图书管理员大岛一边吃西班牙的特色料理海鲜饭，一边讨论西班牙内战。

> 我们吃了大份的沙拉，又点了海鲜饭两个人分着吃。
>
> “总有一天我会去西班牙的。”大岛说道。
>
> “为什么？”
>
> “因为我想参加西班牙内战。”
>
> “西班牙内战早就结束了吧！”
>
> “我知道。洛尔卡死了，海明威活了下来。”大岛说道，“但我起码有去西班牙参加内战的权利吧！”

村上春树在记述西班牙内战时，提到了二十世纪西班牙文学的代表性诗人、剧作家费德里科·加西亚·洛尔卡（Federico Garca Lorca）和欧内斯特·海明威。也就是说，村上春树是从加西亚·洛尔卡之死这一西班牙内战留下的历史创伤和海明威参加国际纵队这一具有国际性思想性的行动这两个独特的视角洞悉了西班牙内战。在后面的故事中，村上又在卡夫卡和佐伯的对话中提到了西班牙内战：

> “你在想什么？”佐伯问我。
>
> “去西班牙的事儿。”我答道。
>
> “去西班牙干什么？”
>
> “吃好吃的海鲜饭。”

“就干这个？”

“参加西班牙内战。”

“西班牙内战六十年前就结束了。”

“我知道。”我说，“洛尔卡死了，海明威活了下来。”

“但你还是想参加对吧！”

我点头。

村上春树在谈论西班牙内战和加西亚·洛尔卡关系的同时，也将西班牙内战的历史意义写进了《海边的卡夫卡》中。

此外，这里提到海鲜饭并非偶然，村上春树本人就很喜欢这道料理。为了给自己的作品增添西班牙文化的芬芳和色彩，他经常在作品中写到海鲜饭。在短篇小说《冰男》中，女主人公表达了想吃海鲜饭的愿望。

欧洲不就挺好的嘛，去西班牙那边好好放松一下！喝喝红酒，吃吃海鲜饭，看看斗牛。

此外，村上春树还在《没有色彩的多崎作和他的巡礼之年》中，写到了一位很会做海鲜饭的角色——主人公多崎作的朋友灰田。

灰田有当厨师的天赋。不管是欧姆蛋、味噌汤，还是奶油沙司或者海鲜饭，他都能做得色、香、味俱全。

接下来，让我们来看一下西班牙内战在村上作品中发挥的各种作用。

斋藤环在《分离的技法和历史创伤》中，说明了村上春树在作品中描写历史事件的目的。

> 在现在和过去都到不了的空间中，历史事件开始逐渐具有了奇妙的现实性。村上春树的尝试无疑就是通过分离的姿态、分离的口吻，使人实实在在地想起历史的创伤。

在斋藤看来，村上春树是为了让人想起“历史的创伤”，才在自己的作品中写到西班牙内战的。但是，为什么村上春树执着于表现这一点呢？从《没有色彩的多崎作和他的巡礼之年》中主人公多崎作和他的朋友赤松庆的对话中，我们也许可以找到答案。

> “即便能尘封记忆，却无法改变历史。”多崎作想起沙罗的话，原封不动地说了出来。
>
> 赤松不断地点头。“的确如此。即便能尘封记忆，却无法改变历史。这正是我想说的。”

龟山郁夫在《神之梦和 1Q84 的记忆》中指出，村上春树的作品中包含着“崇高”和“暴力”的二元对立，而西班牙内战正是这一二元对立的象征。

村上直接提到西班牙内战的作品是《舞！舞！舞！》和《海边的卡夫卡》。《舞！舞！舞！》由两个相互对立的世界构成，一个是作为自由作家的“我”生活的不为人知的“影”世界，一个是主人公的中学同学、电影明星五反田生活的风光无限的“光”世界。乍一看，“光（五反田）”和“影（我）”构成了相互对立的世界，但实际上，这组“光与影”的对立只是构成了表层世界，处在深层世界的，则是西班牙内战的两方势力——由佛朗哥率领的法西斯势力和包括海明威加入的国际纵队在内的第二共和国势力——的二元对立。

在《舞！舞！舞！》中，代表法西斯势力的是五反田，代表第二共和国势力的是主人公“我”。也就是说，该小说中象征着“崇高”的是主人公“我”。“我”一边阅读有关西班牙内战的书，一边寻找自己的朋友——应召女郎喜喜。

另一方面，五反田则象征着“暴力”，因为总在电视剧或电影中扮演正义角色的他实际上却躲藏在阴影中，向喜喜还有另一名应召女郎咪咪施加暴力，甚至杀害了她们。

《海边的卡夫卡》也承袭了这种二元对立的结构。想参加西班牙内战的卡夫卡从东京来到了四国，积极地探索着自己的人生和未来，他象征着“光”。另一方面，残忍地杀死了许多猫的琼尼·沃克则象征着“影”。

和《舞！舞！舞！》一样，在《海边的卡夫卡》的深层世界中，也有西班牙内战中两方势力的对立。该小说采用的是二元并行的结构，奇数章节和偶数章节的主人公分别活跃在两个不同的世界里。奇数章节的主人公是卡夫卡，偶数章节的主人公是中田，一位不识字却能和猫对话的老年男性。中田一直与虐杀猫吃猫心的礼帽男琼尼·沃克作斗争，最后杀死了琼尼·沃克。从西班牙内战的观点来看，虐杀猫的琼尼·沃克代表着佛朗哥一方的法西斯势力，中田则代表着支持西班牙第二共和国的包括海明威在内的国际纵队。也就是说，中田象征着“崇高”，琼尼·沃克象征着“暴力”。

此外，西班牙内战在村上的作品中还象征“死亡”和“重生”的二元对立。在分析村上的作品之前，我们先来看一下西班牙内战中具有“死亡”和“重生”象征意义的历史变革。

众所周知，西班牙内战中有很多伤亡，因此内战本身就象征着由战争带来的“死亡”。此外，获得胜利的佛朗哥开始施行独裁统治直至1975年11月20日离世。此后，波旁王朝的虚位君主胡安·卡洛斯一世继位，西班牙作为君主立宪制国家获得重生，确立了民主政治直至今天。

在《舞！舞！舞！》中，五反田象征着“死亡”，因为他是将应召女郎们藏在阴影中杀害的杀人犯。与五反田对立的人物也就是主人公“我”则象征着“重生”。好友鼠死后，失去精神依靠的“我”在北海道札幌的海豚旅馆与由美吉相遇。故事结尾“我”和由美吉发生了关系，“我”说着“由美吉，早晨到了”，从而迎来了重生的清晨。

同样，在《海边的卡夫卡》中，西班牙内战也象征“死亡”和“重生”的二元对立。虐杀猫的琼尼·沃克象征着“死亡”，而卡夫卡则象征着“重生”。为什么这么说呢？卡夫卡因为和父亲的纠葛，在东京的生活四处碰壁。他为了改变这种局面，来到了四国，通过在甲村图书馆和大岛、佐伯的交流，实现了自我的重生。村上春树在小说的结尾预告了卡夫卡的重生。

不久，你将睡去。当你醒来时，将成为新世界的一部分。

村上春树在发挥西班牙语和西班牙文化所具有的巫术作用的基础上，也为西班牙现代绘画和西班牙内战赋予了独特的作用。他将西班牙内战中的二元对立局势写进自己的作品中，成功增加了作品在绘画和历史方面的深度。

《天黑以后》是我凭着制作电影的感觉写出来的。与其说是电影，不如说更接近数码摄像机。像素比较低，手也有些抖的感觉。

——村上春树对谈节选

PART.4

电影与文学

1

东京之声的地图

1962年，伊莎贝尔·科赛特出生于西班牙的巴塞罗那。从巴塞罗那大学历史系毕业后，科赛特成了杂志《质量摘要》的一名记者，之后成为编剧兼导演，1989年拍摄电影处女作《想英年早逝也已经老了》。1996年拍摄了《我从不告诉你的事情》，2003年凭借电影《没有我的日子》获得戈雅奖最佳原创剧本，2005年凭借《言语的秘密生活》获得戈雅奖最佳影片、最佳导演、最佳制片和最佳原创剧本等奖项。之后，科赛特与多位导演联合执导爱情电影《巴黎，我爱你》。2008年，科赛特和西班牙著名女演员佩内洛普·克鲁兹（Penélope Cruz）合作，拍摄影片《挽歌》。同年，与日本女演员菊地凛子合作，完成了以日本为背景的电影《东京之声的地图》的拍摄。2015年，再次与菊地凛子合作，拍摄了《没有人喜欢黑夜》。

《东京之声的地图》剧情梗概如下：

在筑地工作的日本女子琉，某天在拉面博物馆遇到了一位年老的录音师，两人很快成为朋友。孤身一人的琉白天在筑地市场的鱼市上班，晚上做雇佣杀手，拥有双重面孔。

有一天，琉受到了来自某大公司秘书石田的暗杀委托，暗杀对象是石田所在公司的社长上良的女儿绿子自杀前交往的对象，西班牙红酒商大卫。

为了完成暗杀任务，琉造访了大卫在惠比寿开的红酒酒吧。琉买了大卫推荐的红酒，二人情投意合，在一座名为“巴士底”的情人旅馆鱼水交欢。在这期间，琉本有机会杀死大卫，但她到最后也没有动手。

自那之后，琉爱上了大卫，两人经常在同一所旅馆的某个电车车厢风格的房间缠绵缱绻。后来，琉拒绝了雇主石田的暗杀委托，将委托金悉数奉还。大卫在和琉交往的同时，内心也备受绿子自杀一事的煎熬，他把红酒酒吧转让给部下良，决定回到故乡巴塞罗那。随后，这个以东京的喧嚣为背景的故事进入了高潮。

决定回到巴塞罗那的大卫来到琉工作的地方和她道别。这时，石田拿着枪出现了。他一直默默爱着绿子，决定亲手杀了大卫。大卫和琉相拥在一起，石田从后方瞄准了大卫。琉察觉到此事，向大卫说道：“请呼唤我的名字。”大卫一遍又一遍地叫着琉的名字，琉互换了两人的位置。这时，石田开了枪，琉中弹倒在地上……

几年时间一晃而过，回到故乡的大卫和一位西班牙女性结了婚，并成为了一名孩子的父亲。大卫独自一人在房间里看小津安二郎的电影《东京物语》。他看着画面中男女缠绵的场景，沉浸在对琉的回忆中。

大卫回到巴塞罗那后，在哥特区开了一家日本酒专卖店，每周五举办品酒会，生活和工作都很充实。这时镜头一转，琉生前唯一的朋友——年老的录音师来到琉墓前，摆上了她生前最喜欢的粉色草莓大福，独自一人伫立在墓前。夏蝉鸣声阵阵，电影伴随着日式死亡的静谧宣告结束。

2009 年，这部电影在日本等多个国家首映，图斯凯茨出版社于同年出版了该电影的剧本。导演伊莎贝尔·科赛特便是该剧本的作者，在后记《声音的背后》中，她详细介绍了这部作品诞生的来龙去脉。

2007 年，科赛特去了东京。某天早上，她拿着摄像机去筑地的鱼市取材，一名正在工作的年轻日本女性映入了她的眼帘。混在一堆男人中间砍着巨大鱼头的年轻女性的身姿非常优美，科赛特不由得看入了迷。但当科赛特提出拍照的请求时，却遭到了对方的拒绝。在回酒店的地铁里，科赛特一直在思考被拒绝的理由。突然，思绪驰骋，文思泉涌，《东京之声的地图》的基本构想就在她的脑海中成了形。

> 我知道，我要写一个过着双重生活的女子的故事。一个热烈的、孤独的、不可思议的、受过伤害的女子的故事。她既在鱼市做着清洗、搬运箱子的工作，又会时不时当雇佣杀手。女子认识西班牙男子后，开始对迄今为止自己孤独的人生产生了疑问。
>
> 这个故事中还要有一个着迷于声音的男子角色，他静静地爱着这名女子。哪怕他只能听到她呼吸的声音，听到她走在空

无一人的胡同时高跟儿鞋发出的声音，听到她和西班牙男子交谈的声音……

最初的想法（或者应该称之为上天的启示）是这样的：其中一个男子角色的故事就像一条线一样连接起来剧情。该男子在失去自己的女儿之后，想方设法复仇，忘我而执着。就这样，《东京之声的地图》诞生了。

脚本由六十四幕组成，从六本木之丘开始，在上野结束。就这样，科赛特以一名过着双重生活的日本女子为中心，创作了这个故事。主要情节是日本女子琉和西班牙男子大卫间互生情愫，次要情节是长良因自己女儿为大卫自杀饱受煎熬，遂计划暗杀大卫复仇。为统一这两个错综复杂的故事，科赛特在作品中安排了站在全知视角的年老录音师，电影也正是在老人看着琉的墓地的场景和他的旁白中落下了帷幕。

此外，电影的名字之所以叫《东京之声的地图》，也是因为作为全知型叙述者的老人是一名录音师，他为了确认琉的存在而一直录音。

筑地市场水流动的声音，热闹的拉面店里人们吸面的声音，琉的高跟儿鞋的回声，夜晚东京来来往往的人们嘈杂的声音，共同构成了东京的声音地图。

2

吉本芭娜娜的厨房

科赛特不仅把电影的背景设定在东京，而且在结构和内容上都吸取了日本现代文学的一些要素。实际上，在《声音的背后》中，科赛特也提到了日本文化和日本现代文学对自己作品的影响。

> 现代日本文化，尤其是村上春树和吉本芭娜娜的小说深深吸引着我。我痴迷于芥末的味道，还有夜晚的东京留给我的印象——无法消除的期待、神秘、阴影，以及温柔。

1991年，巴塞罗那的图斯凯茨出版社出版了吉本芭娜娜《厨房》的西班牙语版，该版本的译者是翻译村上春树《斯普特尼克恋人》《奇鸟行状录》的卢德斯·波尔塔和松浦惇一。下面是《厨房》开篇部分对厨房的描写。

在这个世界上，我最喜欢的地方是厨房。

无论它在哪里，样式如何，只要是厨房，只要是做饭的地方，我就不会感到痛苦。可能的话，最好是那种功能齐全的旧厨房，备有好多块干爽清洁的抹布，还有洁白的瓷砖闪着光。

而在《东京之声的地图》中，有女主人公琉吃草莓的场景，地点设置便是厨房。

琉打开冰箱。从里面取出几个草莓大福。因为糯米粉的缘故，里面的草莓隐隐约约地透出浅浅的粉色。琉拿了几个大福放进微波炉里加热，二十秒后拿出一个吃了起来。（第十幕　上野）

琉打开家门，觉得这里和初次见到的时候一样朴素。天快黑了，琉把钥匙放在架子上，从冰箱里拿出几个草莓大福，放到微波炉里热了七秒，然后拿出来放在了盘子上。（第二十二幕　上野）

我们能明显看出，科赛特描写的在东京独居的日本年轻女性独自一人站在厨房的场景，是建立在芭娜娜作品的基本设定之上的。此外，这位年轻导演还在这一场景中表现出了自己独特的世界观。

琉坚持吃加热过的草莓大福，这里面其实包含了两个符号。平时在寒冷的鱼市用菜刀解剖鱼、寒夜中用手枪杀人的琉，在能带给自己内心安宁和平和的厨房，用象征“温暖”的微波炉加热代表“柔软”的草莓大福，这和菜刀及手枪所代表的“坚硬”“寒冷”形成了鲜明的对比。

3

在暗处

在《东京之声的地图》脚本的题词里，科赛特引用了谷崎润一郎《阴翳礼赞》里面的一句话：

> 细想起来，西洋人所说的“东洋的神秘”大概就是指这种幽暗的，令人生畏的寂静吧！

而我们也可以从电影中琉的人物形象和大卫经营的夜间红酒酒吧中，窥见《阴翳礼赞》中提到的东洋式的神秘与阴影，以及静谧的世界。

在电影中，琉黑发齐肩，经常穿着黑色的外套和黑色的牛仔裤。根据科赛特的设定，琉是代表东洋美的女性。对于大卫和琉两人在红酒酒吧过夜的一幕，科赛特在剧本的场景说明中这样写道：

> 空气突然变得十分暧昧，琉和大卫两人之间陡然产生了信赖感。吧台灯光幽暗，夜色渐渐侵入店里的每个角落。

从以上的场景说明中，能明显看出谷崎润一郎《阴翳礼赞》的影响。在东京一隅蔓延的阴影，为整个画面营造出一种神秘感。这位西班牙女导演在作品中使用的日式美学呈现手法，使人联想到《阴翳礼赞》的结尾部分：

> 我们正在渐渐失去阴翳的世界，但至少在文学领域，我想试着将它唤回。我想加深文学殿堂的屋檐，涂暗墙壁，将看得过于清晰的东西放至暗处，拿掉室内无用的装饰。我并不奢望这样的房屋能够鳞次栉比，即便只有一间也是好的。至于成果如何，大家可以关上灯试一试。

在谷崎润一郎的影响下，科赛特将“渐渐远去的阴翳世界”唤回到了电影领域。

JUNICHIRŌ TANIZAKI
EL
ELOGIO
DE LA
SOMBRA
clásicos 悟 SATORI

《阴翳礼赞》西语版封面

4

天人五衰

巴塞罗那报纸《前卫》的记者布里埃·莫雷尔（Brie Morel）在题为“在《东京之声的地图》中，加泰罗尼亚女导演伊莎贝尔·科赛特希望从不同的视角看日本首都”的报道中，提到了科赛特也喜欢读三岛由纪夫的作品。

伊莎贝尔·科赛特不会给自己的故事划定国界，她对日本文化的偏爱由来已久。比如，她特别喜欢吃芥末，甚至给芥末起绰号为“芥末先生”。同样，科赛特也很喜欢读三岛由纪夫、吉本芭娜娜和村上春树的小说。

而从《东京之声的地图》中，我们同样可以看到三岛由纪夫《丰饶之海》的最后一卷《天人五衰》的影响。

三岛由纪夫作品西班牙语版封面

《丰饶之海：春雪》

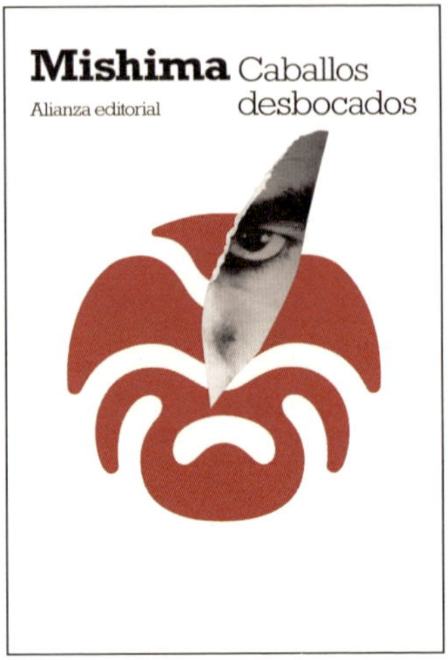

《丰饶之海：奔马》

《丰饶之海：晓寺》

《丰饶之海：天人五衰》

《丰饶之海》由《春雪》《奔马》《晓寺》和《天人五衰》四卷组成，三岛以轮回转世为媒介，创造出两条平行的时间线，最后又使故事脱离了“时间”。

平行时间线的其中一条是观察者本多繁邦经历的从1912年到1971年的编年的、直线的时间线；另一条是第一部到第三部的主人公通过轮回转世，以二十年为一个周期不断重复诞生消亡的圆环时间线。

但是，最终卷的主人公安永透和其他三个主人公不同，过了二十岁却没有死去。轮回转世的锁链绷坏，圆环时间也就此被打破。在最终卷的结尾，观察者本多来到月修寺，拜访了第一卷《春雪》的主人公松本清显的恋人绫仓聪子。见到已出家为尼的聪子，本多问起清显的事情，却惊讶地发现聪子根本就不认识清显。对此，本多自问道：

> “可是，假如清显本就不存在，”本多仿佛身坠云雾，就连今天在这里跟住持见面也宛若梦境。他像是要唤醒仿佛哈在漆盆边上的气体一样急速消失的自己那样情不自禁地叫道：“倘若如此，阿勋不存在，金让不存在……说不定，就连我……”
>
> 直到这时，住持方认真盯着他说道：“那也是因心而异吧。”

就这样，松本清显、饭沼勋、金让三人的存在被否定。三岛在作品的最后，破坏了这两条并行的时间线，消灭了时间本身。最终，四部作品和月修寺庭院的风景共同迎来完结：

> 这是一座十分雅致、明快而开阔的庭院，数念珠般的蝉声

在这里回荡。

此外再没有别的声音，十分寂寥。园内一无所有。本多想，自己是来到既无记忆又没有其他任何东西的地方了。

庭院沐浴在夏日的阳光里，悄然无声……

书中每一卷的主人公都不同，为了支撑起圆环时间线中发生的故事，三岛安排了一位观察者也就是全知型叙事者本多繁邦。

回过头来看一下《东京之声的地图》就能发现，科赛特在创作自己作品时，借用了《丰饶之海》的基本框架。换言之，科赛特从三岛作品中的观察者也就是全知型叙事者本多繁邦那里得到启发，在自己的电影世界中设定了老年录音师这个角色。为什么这么说呢？是因为和《天人五衰》中的本多繁邦一样，科赛特作品中的老年录音师知晓故事全部的起承转合，在一旁静静地观察主人公们的行动直到最后。在琉死后，录音师来到埋葬她遗骨的墓地，静听蝉鸣，鸟瞰一切。科赛特是这样描写电影最后的场景的：

场景是夏天。蟋蟀鸣叫，微风吹拂。我们看着叙事者（指录音师）来给琉扫墓。之后，他从便当箱里拿出一瓶啤酒，坐了下来。

"琉在驹込神社的绘马上写的愿望终于成真了。"

墓碑前摆着草莓大福。刻着琉名字的许愿牌相互撞击发出声音，声音逐渐消失在夏日陵园的寂静之中。

剧本里写的是蟋蟀的叫声，但电影中和蟋蟀叫声一起响起的是蝉声，尤其是寒蝉的鸣叫声。蝉声阵阵，夏日炎炎，电影落幕。作为叙事者的老人在一旁回忆着已不在人世的主人公。

根据如上分析可知，科赛特不仅从三岛作品中的本多繁邦这一人物中得到启发，还把《天人五衰》结尾的场景搬到了自己的电影中。

5

斯普特尼克恋人

> 我被现代日本文化，尤其是村上春树和吉本芭娜娜的小说深深吸引。

正像科赛特在电影剧本后记《声音的背后》中所说的那样，这位西班牙女导演是村上文学的爱好者。2008 年 5 月 10 日，新闻《前卫》的记者埃琳娜·卡斯泰拉（Elena Castella）在题为“伊莎贝尔·科赛特的书”的采访报道中介绍了六本科赛特爱读的书，其中有一本是村上春树的《斯普特尼克恋人》。埃琳娜·卡斯泰拉记录了科赛特眼中的《斯普特尼克恋人》：

> 在所有日本作家的作品中，她最喜欢这本小说。科赛特称这部作品中有某些深邃、神秘的东西。

这篇报道接下来写道：

科赛特很喜欢读书，而且她试着尽量读原著而不是译本。“虽然现在还不能读懂，但总有一天会读懂的。”科赛特提起她最喜欢的作家之一村上春树的作品时这样说。

科赛特不仅在这位西班牙女记者面前表达了自己对村上文学的憧憬，还将《斯普特尼克恋人》投射在了电影《巴黎，我爱你》中。

《巴黎，我爱你》是一部以巴黎为舞台，像万花筒般折射出人间百态的电影作品。电影围绕巴黎的二十个区展开，由多位不同的导演分别执导。每个故事之间毫无关联，却像拼图一样拼凑出巴黎这座城市人们的生活状态。

科赛特负责的是电影第七章，剧情梗概如下：

一名有妇之夫经常和空姐情人幽会。某天，男子本打算在餐厅向妻子提出分手，但是妻子却告诉他自己已是血癌晚期。男子十分震惊，决定陪伴妻子走完人生最后的时光。

妻子距死亡越来越近，男子照顾着妻子，佯装成热恋中的男人。在这过程中，男子逐渐重新爱上了自己的妻子。电影中有一段这样的旁白：

他最讨厌逛街，现在却陪着妻子逛街，大声朗读村上的《斯普特尼克恋人》给她听。他深知：不管多么无聊的事情，能够陪妻子一起经历的都所剩无几了。

《斯普特尼克恋人》西语封面

6

电影与文学的邂逅

2009 年 3 月 17 日，村上春树前往巴塞罗那参加图斯凯茨出版社的四十周年纪念活动。作为纪念活动的一环，村上在乔伊·福斯特图书馆举办签名会，还与科赛特、杂志《读什么》的记者安东尼奥·洛萨诺三人举行了主题为“语言的价值”（El valor de la paraula）的座谈会。也就是在这里，科赛特和村上春树一见如故。

村上春树的作品《天黑以后》被译为西班牙语和加泰罗尼亚语，由图斯凯茨出版社出版。在座谈会上，村上谈到了该作品的主题，以及作为背景音乐的爵士乐《天黑后的五元酒吧》（*Five Spot After Dark*）的音乐性。

此外，《前卫》记者布里埃·莫雷尔称，村上春树不仅和科赛特一起去买了唱片，还告诉对方自己收集了她电影里所有的音轨。而通过这次会面，科赛特也进一步了解到了村上文学的深刻内涵。

7

孤独之城

高科技和传统并存的迷宫城市——东京吸引了欧美人，今后也将继续吸引着他们。日本文学研究者、西班牙人卡洛斯·卢比奥在《村上的日本》中，通过村上春树的作品介绍了日本文化。他在书中这样描写道：

> 在东京，最现代的一面和最传统的一面是并存的。就像表面的脸庞和隐藏的心脏是并存的一样。喧闹的餐厅和咖啡店，林立的店铺，人来人往的车站，遍布着霓虹灯和各样招牌的大马路灯火通明，灰蒙蒙的天空，华丽的时装店，灰色的政府大楼，林立的摩天大楼等共同构成了现代的东京。
>
> 走几步之后就会发现，在这空间的背后，散布着星星点点的年久失修的小房子，在那里有鸡鸣，居酒屋和人迹罕至的神

社，种着西红柿和洋葱的小块旱田。走进小胡同里，还能看到猫幸福地睡着午觉，身穿睡衣，脖子上搭着毛巾的东京人走向家附近的公共浴池。

此外，西班牙文学研究者森直香也从西班牙读者的角度，称东京为“传统的东西和最尖端的技术毫无秩序地交融着，与欧美不同的城市”。

科赛特在《声音的背后》中写道：

我被东京这座城市半夜发出的近乎物质的震动所吸引。

她为东京这座城市所倾倒，才创作了《东京之声的地图》。科赛特还把《挪威的森林》的主题之一——东京这座巨大的城市所包含的孤独——反映在了自己的电影中。

《挪威的森林》中，在东京的某所大学里，渡边和绿子围绕孤独展开了如下对话：

“你总是像这样一个人旅行吗？”

“是啊！”

“你喜欢孤独吗？”她托着腮问道，“喜欢一个人旅行，一个人吃饭，上课的时候一个人坐得远远的？”

“没有人喜欢孤独。只是不想勉强交朋友。要真那么做的话，得到的恐怕只有失望而已。”我说。

引用的对话体现出了东京所包含的孤独。

村上春树曾这样阐释这部小说的创作意图：

> 在写《挪威的森林》时，我想做的事情有三件：第一，是写彻底的现实主义文学；第二，是彻底写到性和死亡；第三，是正面表达“反害羞”，以消除我写包括《且听风吟》在内的处女作时期的“害羞”。

受《挪威的森林》的影响，以及自己待在东京时切身感受到的这座城市的孤独，科赛特在《东京之声的地图》中描绘了孤独的城市——东京的风貌。具体来说，她在电影中创作了东京四种孤独的组合：

（一）白天在筑地市场工作、晚上做雇佣杀手、独自生活的琉的孤独。

（二）未婚妻绿子自杀、经营红酒酒吧、独自在东京生活的西班牙男子大卫的孤独。

（三）深爱着琉并录下关于琉的一切声音、一个人在东京静静生活的录音师老人的孤独。

（四）女儿绿子自杀、经营大公司、独自在东京生活的长良的孤独。

在《东京之声的地图》中，这四种孤独相互交叠重合，就像涟漪一般，画着同心圆向远处扩散。电影中每个登场人物都心怀孤独，这种孤独以巨大的城市东京夜晚的喧嚣为背景不断发酵。当一名日本女子的孤独和一名西班牙男子的孤独交互时，便产生了宏大的爱情，从而推动故事情节迅速发展。

现代与古风并存的东京

8

丧失与再生

除了“孤独”这个主题外，《挪威的森林》的故事构造——从与死亡有关的丧失走向重生的两段经历，也对《东京之声的地图》产生了很大的影响。

自杀是日本文学和日本文化中特有的现象。鲁思·本尼迪克特在《菊与刀》中提到了日本文化和自杀之间的关系。

> 日本人喜欢自杀这一主题，就像美国人大书特书犯罪一样，而且他们是抱有与美国人欣赏犯罪时相同的情感来欣赏自杀的。比起戕害他人的事件，他们更乐意书写自杀事件。

实际上，日本文学中有很多以自杀为主题的作品。比如，三岛由纪夫《丰饶之海》的第二卷《奔马》，就是以主人公勋的自杀场面结尾的。和三岛一样，村上春树也是一位经常写自杀主题的作家。在《挪威的森林》中，村上安排渡边彻经历了木月和直子自杀这两段从与死亡有关的丧失走向重生的经历。这种日本文学独特的结构也反映在科赛特的作品中。

在电影中，科赛特安排了西班牙男子大卫这一主要男性角色经历了两段从与死亡有关的丧失走向重生的经历。一段是大卫的未婚妻绿子自杀，一段是故事结尾琉替大卫挡子弹死去。大卫在刚出场时，因失去未婚妻绿子而饱受折磨，在遇到琉之后，逐渐从这种丧失感走向重生。在电影的后半，琉为了保护大卫，以肉身为盾，中弹后死去。

在琉的帮助下，大卫从之前的丧失感中解脱出来，在故乡开始了新的生活。在巴塞罗那重启人生的大卫结了婚，时常会回忆起和琉的相遇。科赛特在剧本的场景说明中这样描写道：

> 即便结婚生子，大卫心底总还是有一间地铁车厢形状的秘密房间。有时，他希望自己的人生完全是一个虚构的故事，而琉就在故事里等着他。

如上所述，科赛特将《挪威的森林》中使用的手法运用在自己的作品中，创作出了一个融汇东西、具有普遍性的故事。

9

天黑以后

科赛特的电影和村上春树的小说《天黑以后》有不少明显的相似之处。

第一个相似点就是故事的时空设定。《天黑以后》从半夜十一点五十六分开始，早晨六点五十二分结束。也就是说，这部作品的故事发生在东京的深夜时分。而《东京之声的地图》的主要故事也是在深夜时分的东京展开的。

第二个相似点是运用的创作方式相同。换言之，科赛特和村上春树的作品都运用了电影语言。《东京之声的地图》本来就是电影剧本，所以运用的自然是电影语言。而《天黑以后》则是运用了电影语言和摄像机镜头的实验小说。小说英文版的译者杰伊·鲁宾曾指出，该作品具有电影剧本的一面。

> 他（指村上春树）在大学时代写过剧本。而《天黑以后》

就像是个剧本。（中略）文体的风格像是剧本的场景说明，不仅说明了各个“场景”的设定，还说明了“镜头”的位置。

还在早稻田大学读书时，村上春树曾学习过写电影剧本。在某个演讲中，他这样说道：

我当时就读于文学部的电影演剧科，立志要写剧本。演博（Enpaku）（早稻田大学坪内博士纪念演剧博物馆）里有很多电影剧本，看着那些旧剧本，我认识到自己的志向就像是在白日做梦。

此外，村上春树还在题为“写坩埚一样的小说”的对谈中提到，创作《天黑以后》时运用了电影创作的手法：

《天黑以后》是我凭着制作电影的感觉写出来的。与其说是电影，不如说更接近数码摄像机。像素比较低，手也有些抖的感觉。

《天黑以后》的开头部分从摄像机视角出发，由长镜头构成，以达到展现潜意识的目的。村上春树这样描写道：

眼睛看到的是一座城市的面貌。

通过高空中夜鸟的眼睛，我们从上空捕捉着城市的样子。

在开阔的视野中，城市看上去像是一个巨大的生物，又像若干生命体缠绕而成的一个集合体。

随着故事情节的发展，村上春树明确指出“我们的目光”是虚构的摄像机：

我们的目光汇聚在一起，注视着她的身姿，或者应该说是窃视。目光成为悬浮在半空中的摄像机，可以在房间里自由移动。此刻，摄像机正从床的正上方拍摄她睡觉的样子。

此外，村上春树还使用了类似于电影剧本中场景说明的表达，运用了摄影的手法和技巧，描写了以下场景：

浅井爱丽的房间。

房间里的样子没有变化。只是，坐在椅子上的男人的身影比刚才放大了许多。我们可以很清楚地看到他的身影。电波仍多少受到干扰，图像时不时晃动一下，轮廓变形，质量变差，刺耳的噪声也不断变大。有时不相干的图像也会一闪而过，但故障很快得以修复，原来的图像重新出现。

就这样，村上春树运用了大学时代学习的电影语言，创作了这部以夜晚东京为舞台的实验小说。正因如此，科赛特这部以东京为舞台的电影才会与村上的小说有很多相似之处。接下来，让我们具体来看一下两部作品中相似的场景。

从电影语言的视角出发，两部作品在场景设定和场景说明方面非常类似。具体来说，两者的部分故事的场景设定都是东京的情人旅馆。科赛特对情人旅馆的场景做出如下说明：

> 情人旅馆巴士底。当然，旅馆的霓虹灯箱上的照片是埃菲尔铁塔，霓虹灯箱主要的颜色是粉色，还有绿色的闪光。监控摄像机拍摄着进出旅馆的全部客人。旅馆的前台由自动贩卖机组成，贩卖机里有各个房间的钥匙，还会显示出各个房间的画面。住宿的客人通过自动贩卖机，可以知道哪个房间现在可以使用，也可以自由输入想预订的时长。（第二十九幕 下北泽）

科赛特为了描写夜晚的东京，选择以情人旅馆的前台为舞台进行拍摄。同样，村上春树为了描写东京的本质，也选择以情人旅馆为舞台，并使用了令人联想到电影剧本中场景说明的表达：

> “阿尔法城”旅馆的办公室。薰一脸不悦地坐在电脑前。液晶屏里显示出门口监控摄像机拍摄的录像，画面非常清晰，显示屏一角显示着时间。薰一边对照着纸上的数字和录像上的时间，一边用鼠标快进或暂停录像。看样子操作不太顺利，她时不时望着天花板叹气。

两处引用场景的相似点一目了然。两者的时间带都是夜晚，场景都是东京情人旅馆的前台。监控摄像机拍摄着进进出出的客人。

此外，情人旅馆的命名也有相似之处。电影中旅馆的名字叫“巴士底”，而小说中旅馆的名字叫“阿尔法城”，这是借用了法国导演让·吕克·戈达尔（Jean Luc Godard）以虚拟未来城市为舞台拍摄的电影《阿尔法城》。所以，两部作品中的情人旅馆名都代表着法国文化。

接下来，让我们来进一步分析两部作品的共通之处。科赛特这样描写男性登场人物长良：

> 昏暗的房间里，电视开着，长良坐在那里看自制录像带。录像中一名女子来到宫崎县的Ocean Dome人工沙滩，女子穿着印有海蓝色锚图案的泳衣，高兴地喊着跑进水里。拍摄的人显然很不专业，巨大的蓝色圆形天井伴随着波浪的声音，时不时地出现在录像里。（第四十一幕 青山）

在引用场景中，被黑暗包围的房间里开着电视机，登场人物正在看非专业人士拍的自制录像带。这样类似的设定和场景也出现在村上的作品里：

> 浅井爱丽的房间。
>
> 电视开着，穿着睡衣的爱丽从荧屏内侧看着这边。她摇头甩开垂在额前的头发，在玻璃屏幕的另一边里把双手紧紧贴在一起，向这边诉说着什么。

这里列举的两个场景有三个共通之处：第一，场景设定都是昏暗的单人房间。第二，故事在录像中出现女性人物这一设定下发展。第三，两个场景都是“中国匣构造”。

关于“中国匣构造”，诺贝尔文学奖得主作家马里奥·巴尔加斯·略萨在《给年轻小说家的信》中这样说道：

> 中国匣是一种民间工艺品，里面有很多相同形状的小东西一个接一个地出现。“中国匣构造”指的就是类似的故事构成手法。在这种结构下，中心故事不断派生出其他故事，但是，这种手法想要起到效果的话，就不能是机械式的东西。而只有在以下条件下，该手法才能发挥创造性的效果。即在虚构的故事中，构造本身带来了神秘，暧昧性和复杂性等重要的效果。

从故事结构来看，这两个场景都是作为元小说，由设置在作品世界中的另外一个摄像机呈现。在《元小说的思想》中，巽孝之这样定义元小说：

> 比如说，在一部小说中出现了叙述另一部小说的小说家。比如说，在小说中引用并批判性地对文学史中的先行作品进行再创作。比如说，书中的人物和现实生活中的人物超越时空进行对话，作者本人和读者展开对决。比如说，小说的作者作为一个登场人物介入小说，去经历大冒险，去体验被杀害。总之，它的规则就是：在某部小说中，从根本上揶揄该小说本身以及整个现代文学理论和批评理论。

Haruki Murakami
AFTER DARK
colección andanzas
TUSQUETS EDITORES

《天黑以后》西语封面

10

血色玫瑰

科赛特《东京之声的地图》中的女主人公琉让人联想到村上春树三部曲《1Q84》的女主角青豆。文艺评论家山崎圆从电影选角的角度，指出科赛特电影和村上作品中女主人公的关联性：

> 在陈英雄导演的《挪威的森林》中扮演直子的菊地凛子，在伊莎贝尔·科赛特导演的《东京之声的地图》中扮演了一名像青豆一样生活在东京的暗杀者。

考虑到村上作品的女主人公和科赛特作品的女主人公是同一个人扮演的，可以推测两人塑造的女主人公人物形象有相似之处。

琉和青豆的基本设定非常类似。两位女主角都是生活在东京的年轻日本女性，看似从事着普通的工作，暗地里却在做雇佣杀手，她们都是过着双重生活的孤独的人。这两部作品中都有女主人公熟练操作手枪的场景。

在科赛特的电影中，琉是熟练操作手枪的暗杀者；在村上的小说中，青豆是将针刺入脖子要害处杀人的暗杀者，并没有直接操作手枪，但是为了在暗杀宗教团体“先驱”的领袖失败时能够痛痛快快地死去，青豆练习如何熟练操作赫克勒－科赫 HK4 手枪。接下来，我们来具体看一下两人操作手枪的场景。首先，是《东京之声的地图》中琉操作手枪的场景：

> 琉走向有很多抽屉的衣柜，打开了其中一个抽屉，里面装满了白色内衣。在这个抽屉下面还有另外一个抽屉。琉把它取下来放在床上。抽屉里有一个箱子，里面装着一把手枪和一些子弹。琉取出手枪，观察了一阵。她毫不迟疑地把手枪拆成好几部分，然后又组装起来。手枪的尺寸大小正合适，她用白色的绢布包好放了起来。（第二十二幕 上野）

接下来，让我们看一下《1Q84》中青豆操作手枪的场景：

> 青豆一回到家，就拉好窗帘。她从挎包中取出赫克勒－科赫 HK4 和子弹，坐在餐桌前反复练习装卸。随着练习次数的增多，青豆的速度越来越快。动作流畅连贯，手也不再抖了。然后她把手枪裹在旧 T 恤中，藏进一只鞋盒，并把鞋盒放到了衣橱里面。

根据如上比较考察可知，科赛特在以村上春树文学作品为中心的日本现代文学的影响下，创作了《东京之声的地图》的电影剧本，并在东京进行了拍摄。从科赛特的电影中，能够看到吉本芭娜娜的《厨房》、谷崎润一郎的《阴翳礼赞》、三岛由纪夫的《天人五衰》、村上春树的《斯普特尼克恋人》和《挪威的森林》的影子。此外，《东京之声的地图》和村上春树的《天黑以后》《1Q84》也有许多相似之处。

科赛特吸取了自己一直憧憬的日本现代文学的情趣和日本文化的氛围，以东京为背景，创作出一部如诗般的电影。实际上，我们欣赏《东京之声的地图》，也就是在欣赏以东京夜晚的霓虹和喧嚣为背景，发生在西班牙男性和日本女性间不可思议的、有关爱与死亡的故事的结晶。

在十六世纪的西班牙，全国各地遍布着牧羊人才能走的路，连国王都不得进入。

——《寻羊冒险记》

PART.5

文学大师的西班牙情结

1

更加丰富的文学

从世界文学的角度概观日本现代文学，我们不难发现有两位日本作家如同夜空中的星星般耀眼夺目。他们就是本书的主人公村上春树以及二十世纪日本文学的代表作家之一——三岛由纪夫。

提到日本文学在西班牙的接受情况，就不得不提村上文学和三岛文学。实际上，截止到2017年，村上春树和三岛由纪夫分别各有二十四部作品被译为西班牙语。大卫·丹姆罗斯（David Damroche）在《何谓世界文学》中，从翻译的角度阐明了世界文学和国民文学的区别：

> 世界文学就是通过翻译能够变得更加丰富多彩的作品。通过翻译，文学语言既能变得更为丰富多彩，也能变得黯然失色，这一点和即便翻译也没什么变化的非文学语言形成了鲜明的

对比。

因翻译而变得贫瘠的文学会陷于某个国家或地区传统的囹圄。与之相对，如果影响范围扩大、深度增加能够弥补文体上的折损，那么因翻译而变得丰富的文学就可归入世界文学的行列。

村上文学和三岛文学就是这样通过翻译而变得更加丰富的文学。这两位日本作家的作品因翻译而更富韵味，受到全世界读者们的喜爱。

此外，丹姆罗斯还提出了世界性文学的三个条件：

（一）古典；

（二）杰作；

（三）世界之窗。

只要能满足其中一个条件，就可被看作世界文学。村上文学和三岛文学满足“杰作”和“世界之窗”两个条件，因此理所当然会受到全世界读者的追捧。

作为日本现代文学的代表性作家，村上春树和三岛由纪夫经常被拿来对比。杰伊·鲁宾将两位作家作品的特点归纳如下：

三岛表现的是“异国情趣盎然的日本，是日本民族主义的一面”，而村上表现的则是“异国情趣盎然的日本的国际化版本”。

在《寻羊冒险记》中，村上春树曾描写过电视画面里的三岛：

我们穿过树林，走到ICU校园，像往常一样坐在休息室吃热狗。下午两点，休息室的电视里反复地播放着三岛由纪夫的相关新闻。

这一幕的时间和地点设定是1970年11月25日的东京。当天，在陆上自卫队市谷基地（现市谷纪念馆）的阳台上，三岛由纪夫戴着“白手套”，挥舞右手情绪激昂地进行着人生最后一次演讲。村上春树是回忆着电视画面中三岛由纪夫的样子而写下了这一场景。

此外，村上春树在《舞！舞！舞！》第二十一章中，也提到了他：

年轻的刑警个子矮矮的，一头长发，两只细长的眼睛里发出锐利的光芒，活脱脱一副过去的文学青年模样。仿佛下一秒钟，他就要在同人志的聚会场所撩起头发说一句“我是三岛”。

此外，在《我的职业是小说家》中，当谈到几十年来日本文学在欧美各国的接受情况时，村上春树列举了三岛由纪夫：

当然，也有读了川端、谷崎、三岛而高度评价日本文学的人，但那些人终究只不过是一小部分知识分子，基本上都是城市里“清高”的读书人。

此外，还有几位研究者指出了村上春树和三岛由纪夫的相似点。龟山郁夫着眼于二人“完结的感觉”并指出：

说到“完结的感觉”，经常会提到三岛由纪夫。但是，我觉得三岛由纪夫和村上春树在小说的“人工性”上是非常相似的。

佐藤干夫在《三岛由纪夫一直在村上春树的旁边》中，从比较文学的观点分析了村上春树的《挪威的森林》和三岛的《春雪》，以及《舞！舞！舞！》和《奔马》。

此外，这两位作家还都两度前往西班牙。前面也提到过，村上春树曾在2009年和2011年两次踏上了西班牙的土地，而三岛则是在1958年和1960年去了西班牙。此外，笔者在拙作《加西亚·洛尔卡和三岛由纪夫——二十世纪的两大传说》中，也对三岛醉心于西班牙文化、在自己的作品中写到西班牙文化百态的事实进行了详细的论述。

在此基础之上，为了发掘村上春树及其作品新的一面，笔者将从西班牙文化和文学的观点出发，比较村上春树、三岛由纪夫两位作家和西班牙的关系。

2

那一抹西班牙白

前面也提到过，村上春树在爵士咖啡店“彼得猫”店内使用了“西班牙风格的白色墙壁”。同样地，三岛也醉心于西班牙建筑的壮丽之美，他的新居中也包含了诸多西班牙建筑的要素。三岛评传的作者约翰·纳森（John Nathan）这样描述三岛的新居：“略带西班牙风格的、刷成白色的两层小楼。”

此外，村上和三岛还在作品中表达了自己对“西班牙风格的白色墙壁”的喜爱之情。村上春树在《西班牙幸福小村的壁画》中写道：“西班牙村庄干巴巴的白墙和毕加索的画非常相称。”而三岛则在《午后曳航》中描写了“白色墙壁”和铺着西班牙进口瓷砖的西班牙风格建筑：

即使在元町，进口洋货店雷克斯也是一家有名的老店。丈夫去世后，店铺便由房子负责打点。小型的西班牙风格二层建筑非常显眼，厚厚的白色墙壁上开有西式花头窗，朴实无华又颇具情趣。店内有个不大的中庭和可以仰视天棚的中层楼。中庭里铺着从西班牙进口的瓷砖，中央有一个喷泉。

两位作家都在自己的作品中写到了“西班牙风格的白色墙壁”。但是，两者的描述却具有完全不同的视觉作用。村上春树是基于毕加索绘画和白色墙壁的组合，从美学的角度进行提及；而三岛则是将其作为视觉要素，来表现西班牙文化的壮丽之美。

西班牙白色小镇

3

城市与道路

村上春树于2009年3月12日去了圣地亚哥·德·孔波斯特拉。西班牙报纸《国家》文化板块的记者海斯斯·路易斯·曼蒂利亚记录了村上春树在圣地亚哥·德·孔波斯特拉时的情景：

> 村上春树在奥勃拉多罗的马路上散步，吃章鱼，喝红酒，在书上签名，在公园里和马路上慢跑。在获奖致辞时，他说道：“我想留在这里。”

正如路易斯·曼蒂利亚所说的那样，村上春树非常喜欢加利西亚中心城市的氛围。另外，他也同样深爱着巴塞罗那。村上春树在2009年和2011年曾两度前往西班牙，在自己的作品中也多次提到过巴塞罗那这座城市。

巴塞罗那

具体来说，是《挪威的森林》中的西班牙语例句“巴塞罗那有好几座桥都被冲走了”、《斯普特尼克恋人》中的登场人物“巴塞罗那出生”的菲尔迪纳德、短篇小说《山鲁佐德》中出现的“巴塞罗那足球队的挂历”，以及短篇小说《蜂蜜饼》中出现的“为航空公司机上杂志的取材而去了巴塞罗那”的描述。

村上春树的童年是在芦屋和神户度过的，现在则住在神奈川县。就像爱着芦屋、神户、神奈川县的海岸线一样，村上春树也同样醉心于西班牙这两个临海城市。

与喜爱海滨城市的村上春树不同，三岛喜爱的是两座位于西班牙内陆的干燥城市。他被西班牙中世纪遗韵犹存的城市托莱多所打动，并借《镜子之家》的登场人物夏雄，描写了托莱多到马德里路途中的落日：

> 大约是在夏雄还没有上小学的时候，刚从欧洲旅行归来的伯父与他分享了旅途中的趣事。其他的事夏雄基本上都已忘记，唯有一件他却一直记得。
>
> 有一天，年轻的伯父租了一辆车从西班牙的马德里到托莱多兜风。黄昏时分，汽车已行驶了一半路程，再过一个钟头将抵达马德里。托莱多与马德里之间相距四十三英里，中间是荒凉的原野、山岩与零零星星的荒村，几乎看不到汽车。
>
> 四周的旷野已经笼罩在暮色中，夜空中繁星闪烁。唯独西边地平线附近，层层云彩下尚留有一片淡蓝色的落日余晖。
>
> 此外，在视野的一隅有一束强烈的光，将旷野尽头低矮的

山岩上方的天空染得通红。伯父以为是火灾，透过车窗往那个方向眺望。随着汽车的前行，伯父发现那并不是火灾，而是山脚某个工厂的炉子发出的亮光，那亮光在旷野尽头熊熊燃烧着。旁边低矮的工厂屋顶上，烟囱吹出火粉，将那一带的天空染得火红。

看到这个画面，伯父瞬间想到前一天在马德里普拉多美术馆看到的博斯的《地狱》，心想：这不正是博斯所描绘的地狱远景中燃烧于地平线上的城市的再现吗？

1960 年和妻子瑶子第二次去西班牙时，三岛买了托莱多的袖扣，并把袖扣送给了在学习院高等科就读时期的老师清水文雄，“三岛由纪

托莱多

夫”这个笔名也是源于他。

在杂志《新潮》刊登的“三岛由纪夫给老师清水文雄的信（全三十六封）”中，有一封信可以证明三岛确实把托莱多袖扣送给了清水：

托您的福，我们夫妇二人在二十号顺利回国了。回来之后被琐事缠身，没能及时向您问候，深感歉意。（中略）至于特产，也没给您买什么，只是另给您寄了西班牙托莱多的袖扣。袖扣非常花哨且大，不知道您会不会喜欢。据说当时皇太子殿下去西班牙时，看重并买回来的就是这种工艺品。皇太子殿下回国后弄丢了一枚，立马通过驻西班牙日本大使馆又买了一枚，我觉得此物与您缘分颇深，遂敬献给您。

此外，三岛还十分喜爱西班牙首都马德里的风景。他在《马德里的除夕夜》的散文中，记述了1957年除夕夜那天的西班牙：

马德里的冬天非常冷。尽管西班牙被称为“欧洲的非洲”，但这里冬天的寒冷程度却和欧洲不相上下。

除夕夜人们聚集在广场上，等待着新年钟声敲响。每个人手里都拿着葡萄串，街上卖葡萄的商贩也举着葡萄踮脚观望着。听说在十二点的钟声敲响时吃葡萄，不仅能消灾，还能保证新的一年诸事顺利。广场上的人一起开始吃葡萄的场面实乃奇观。钟声消散后，大家拥抱周围或熟悉或陌生的人，之后随着乐队开始跳舞。也能看到酒鬼们在吵架。

除了天气寒冷外，这里迎接新年的光景完全是一派南国风光。从披肩阴影处窥见的西班牙女性的黑色眼睛，能让我彻底忘记这寒冷。

此外，三岛还在《男性的美学》的散文中，提到了在西班牙买到的各种东西以及和妻子在马德里散步的情景：

我生来就喜欢明朗的地中海文化，喜爱拉丁风格的色彩，也喜欢中南美洲（拉丁美洲）的殖民建筑。我立志要把热带的色彩之美和忧郁移植到日本，于是建了西班牙殖民风格的房子，在房子里摆放了法国和西班牙的古董。我买的第一个值得纪念

马德里的落日

的东西，是一个西班牙扇子的螺钿边框。

家里摆放的家具是我和妻子一起挑的。我们俩在马德里古董店逛得腿都僵了，沉迷于西班牙巴洛克式豪放的建筑美不能自拔。

由此可知，村上春树喜爱的是降雨量多、海风阵阵的海岸线城市，而三岛喜爱的是位于内陆的、降水少的干燥城市。从地理学的角度来看，村上春树喜欢的是从比利牛斯山脉南麓到加利西亚地区的“湿润伊比利亚”，而三岛喜欢的是伊比利亚半岛内陆地区的“干燥伊比利亚”。

此外，从语言学、文化的角度来看，可做出如下判断：村上春树喜爱的是西班牙语和加利西亚语并用的圣地亚哥·德·孔波斯特拉以及西班牙语和加泰罗尼亚语并存的巴塞罗那这两个两种语言并行、反对中央集权的城市，而三岛由纪夫喜爱的则是马德里、托莱多这种使用西班牙语单一语种、中央集权制的、具有贵族特性的城市。

除了城市以外，村上春树和三岛也都很喜欢西班牙的道路，同时也都在作品中有所提及。村上春树在《寻羊冒险记》中，借一名在北海道某牧场工作的男性角色之口，描述了自己喜爱的西班牙道路：

在十六世纪的西班牙，全国各地遍布着牧羊人才能走的路，连国王都不得进入。

这里值得注意的是“十六世纪的西班牙”这一时代设定和西班牙

国王的存在。

十六世纪被称为西班牙的黄金时代。1516年，卡洛斯一世宣布成为卡斯蒂利亚和阿拉贡地区的国王，西班牙·哈布斯堡家由此开启。在1571年腓力二世时期的勒班陀海战中，西班牙舰队击溃了土耳其舰队，被称为“无敌舰队”，西班牙也成为“日不落帝国”。就这样，十六世纪的西班牙形成了“西班牙帝国”。

但是，村上春树选择的西班牙道路却是十六世纪这一黄金世纪时期，连国王卡洛斯一世和腓力二世都不得进入的、只有牧羊人才能走的道路。换言之，村上春树选择的这条道路和他选择的两座城市巴塞罗那和圣地亚哥·德·孔波斯特拉一样，是反中央集权的，也是反王权的道路。

和村上春树相反，三岛喜爱的西班牙道路则是充满中央集权、王权气息的道路。前面也提到过，三岛被连接马德里和托莱多的汽车道吸引，在《镜子之家》中写到了这条道路：

> 有一天，年轻的伯父租了一辆车从西班牙的马德里到托莱多兜风。黄昏时分，汽车已行驶了一半路程，再过一个钟头将抵达马德里。托莱多与马德里之间相距四十三英里，中间是荒凉的原野、山岩与零零星星的荒村，几乎看不到汽车。

虽然这里描写了西班牙的田园风光，但是喜爱连接西班牙的首都马德里和保留中世纪风貌的贵族城市托莱多的汽车道，也就意味着三岛选择了王权、中央集权制的道路。

羊与道路

4

动听的西语

耐人寻味的是，村上春树和三岛由纪夫二人都痴迷于西班牙语的发音。第二章也提到过，村上春树在 1992 年住在美国普林斯顿时，学习过西班牙语，还去了墨西哥旅游。在《墨西哥大旅行》中提到了西班牙语。从他与墨西哥人用西班牙语进行对话可知，村上春树在一定程度上掌握了西班牙语的相关知识，具备运用西班牙语进行简单对话的能力。

另一方面，三岛没有学习过西班牙语，也没办法同西班牙母语者直接对话。但是仍然着迷于西班牙语的发音，还把这份憧憬之情写到了自己的作品中。三岛在初期作品《鲜花盛开的森林》中，借主人公之口赞扬了西班牙语的美感：

> 牧师出生于西班牙，在南方某殖民地长大。他的那些异国

文字我读不懂，然而那种发音，让人联想到两只旧玻璃球相互摩擦发出的清脆声响。

能用英语演讲、也懂一些德语的三岛写道“那些异国文字我读不懂”，说明他不懂西班牙语。即便如此，三岛还是称西班牙语为一种美丽的语言，对西班牙语发音抱有亲切之感。

此外，从《旅行绘本》的《“野生的”和“卫生的”荒野——墨西哥、美国边境之行》一章中，也能看出三岛对西班牙语的热爱：

我对华雷斯城的西班牙语招牌依依不舍。

华雷斯城（Ciudad Juárez）是墨西哥最北端的城市，和美国接壤。三岛在华雷斯城时，抒发了自己对西班牙语招牌的喜爱之情。三岛和村上春树一样，被墨西哥深深吸引，并去了墨西哥旅游。接下来，我们来具体看一下三岛觉得什么样的西班牙语发音很动听。

三岛很喜欢抽一种名叫“罗密欧与朱丽叶”（Romeo y Julieta）的古巴产雪茄，但他并不是仅仅喜欢这种雪茄的味道，还喜欢“Romeo y Julieta”的西班牙语发音。三岛在《外游日记》中记录了旅行期间对墨西哥的印象，这部游记中提到了几个西班牙语单词：

卖帽子（sombrero）人的帽子（sombrero）的麦秸的光泽。

“sombrero”指的是“有帽檐的帽子”，是一个普通的阳性名词。

三岛洞察到西班牙语有节奏的抑扬顿挫，于是在文章中重复使用了“帽子”一词，给文章增添了节奏感。

三岛在以西班牙语为母语、汲取了拉丁美洲文化的人们居住的城市圣胡安时，记录下了几个西班牙语单词，并用大号文字收录在《阿波罗之杯》中。他记录的西班牙语单词如下：

MUSICA

AMOR

APASIONADO

BANCO POPULAR

这些西班牙语单词的意思分别是“音乐”（正确的写法应该是música，u 的上面有重音符号——笔者注）、“爱”、“热情的男性”或是形容词“热情的”以及“国民银行”。

村上春树和三岛都被西班牙语的美感所吸引，并且有自己喜爱的西班牙语单词。毫无疑问，两人的两次西班牙之行，一定都是一边侧耳倾听着西班牙语的美丽发音，一边漫步在西班牙街头的吧。

SE HABLA ESPAÑO

PALAU ARTS
UMBRACLE
MUSEO CIENCIAS 2
HEMISFÈRIC 1

西语标牌

5 斗牛观

关于斗牛观，村上春树和三岛各执己见，且观点对立。村上春树在短篇小说《冰男》中借女性主人公之口，表达了想看斗牛的愿望：

欧洲不就挺好的嘛，去西班牙那边好好放松一下！喝喝红酒，吃吃海鲜饭，看看斗牛。

此外，村上春树还在散文集《日出之国的工厂》里的《经济动物们的午后》一篇中，对自己的斗牛观进行了如下叙述：

确实，种牛们看起来都很有威慑力。用职业棒球来说的话，就像是江夏、川藤和桑切斯和布默在一起的感觉。眼睛炯炯有神，体形庞大，长着牛角。这样的生物要是从正面朝你冲过来，估计腿都要吓软了吧！因为当江夏和川藤和桑切斯和布默一起攻过来的时候（只有前两个人也行），腿也会吓软的。我很久之前觉得《卡门》里的斗牛士埃斯卡米里奥是个讨人厌的家伙，但是亲眼看到这可怕的场景，不由得敬佩起这位每天都要和这些生物战斗的埃斯卡米里奥。

村上春树在散文集《爱吃沙拉的狮子》里的《为了成为真正的男人》中，也表达了同样的斗牛观：

欧内斯特·海明威曾写过："一个人想要成为真正的男人，必须得做成这四件事：栽树、斗牛、写书、生子。"

我的话，到目前为止，确实写过几本书，但是其余三件事情还没有做过，估计今后也不会做。成不了真正的男人，就这么结束这黯淡的人生，这可真令人头疼。虽然这么说，但是斗牛这种事儿，一般人不可能做到吧！

我为了取材去过东北的农场，在那里第一次见到公牛，不开玩笑地说，实在是太可怕了。我之前每次看歌剧《卡门》，都觉得斗牛士埃斯卡米里奥是个轻浮又让人不愉快的家伙。但是那次亲眼看到这漆黑、巨大的公牛，一想到要从正面和它战斗，我不由得对埃斯卡先生肃然起敬。这是我无论如何都学不来的。

在《我的职业是小说家》中，村上写到了"从原材料中汲取力量来写作的作家”海明威以及与之相关的斗牛：

> 正因为海明威是那种从原材料中汲取力量来写作的作家，他才会积极参与战争（第一次世界大战、西班牙内战、第二次世界大战），前往非洲狩猎，四处钓鱼，并沉迷于斗牛。他总是需要外部的刺激。

村上春树在向行动派作家海明威表达敬意的同时，也自称为“从自己内部编织出故事的作家”，并且认为写作不一定要经历过斗牛。

> 没有必要特意去参加战争，没有必要经历过斗牛，也没有必要去捕猎大象和猎豹。这话要是被误解的话就麻烦了，我不是说战争、斗牛、狩猎之类的体验没有意义，当然是有意义的。对于作家来说，不管什么体验都是非常重要的。我只是想表达一下个人观点：即便是没有那样紧张刺激经历的人，也可以写小说。

从以上考察中我们能够看出，村上春树虽然观看过斗牛，但是自己却没有参与斗牛的勇气。也就是说，村上春树的斗牛观是客观且消极的。

另一方面，三岛也对斗牛士这个职业心怀憧憬。实际上，三岛的文学作品和散文中经常提到斗牛。《丰饶之海》第三卷《晓寺》中，三岛就以西班牙的国技斗牛为切入点，从比较文化论的观点对比了西班牙和日本：

西班牙不顾全世界动物保护者的反对，把国技斗牛保留了下来。日本则与西班牙不同，经历了明治时期的文明开化，想要彻底摒除野蛮的风俗。结果，我们民族最有活力最纯粹的“灵魂”被隐藏在地下，只有时而喷火时才展现出它凶暴的力量，越来越成为人们忌惮恐惧的东西。

而在《近代能乐集》的《弱法师》一篇中，三岛借登场人物品子之口，称斗牛场是展示勇气的空间：

所以，我有勇气，有像斗牛场血淋淋的战斗最高潮时飞下来满不在乎地在沙子上迈着笨拙步子的白鸽一样的勇气。

斗牛表演

对于三岛来说，斗牛场就是彰显勇气的场所，“斗牛场＝勇敢”这个构图在三岛的作品中是成立的。他在长篇小说《镜子之家》中再次提到了斗牛场：

> 证明与被证明集于一身的行为……一种终极的行为……被数万名观众否定了之后才出现了通往存在的线索的行为……就像突然冲进斗牛场要被牛杀死的孩子那样的行为——这种东西什么时候才是个头啊？

根据引用内容可知，对于三岛来说，斗牛场是一个血淋淋的危险空间，在那里生存的斗牛士是一种向死而生的存在。也就是说，在三岛的概念中，斗牛士的美是在向死而生的状态下产生的美。

此外，三岛还在《太阳与铁》中写到了斗牛士的美与死亡的联系：

> 要是这个职业和死亡毫无关联的话，斗牛士那华美优雅的衣服看起来该有多么滑稽啊！

在散文《斗牛士之美》中，三岛同样提到了这一点：

> 这是男人做的工作中最粗犷、最拼命的，也鲜有这样本质如此优雅和美的工作。和美国风尘仆仆、脏兮兮的牛仔们不同，斗牛士穿的是丝绸做的贵族式的华丽衣服。在这华丽的衣服之

下，别说是护具，连内衣都不穿，这才是斗牛士的豪气。

只有在和死亡、勇气、血雨腥风搭上关系时，男人穿色彩丰富、绚丽夺目的衣服才合适。至于流行歌手的打扮，实在令人唾弃。

斗牛士正是因为危险和死亡而美丽。这一点正是普通男人望尘莫及的。

从《镜子之家》中的登场人物收身上，可以看出三岛心中斗牛士的影子。在这部小说中，三岛将“长着一张西班牙人面孔”的收和自己心中斗牛士的印象颇具诗意地结合在一起。小说第二章，收表明了自己想拥有斗牛士一般的体格。

“我想要拥有诗人的脸和斗牛士的身体。”

他发现自己缺乏朴素、狂放、野蛮等要素的支撑。真正抒情性的东西只可能诞生于诗人的脸庞和斗牛士般的身体这样少有的完全结合之中。

随着故事的发展，收开始通过健身对自己的肉体进行改造。在第七章，收终于成功拥有了斗牛士般的体格。

拥有诗人的脸庞和斗牛士般体格的伤痕累累的年轻人，就在那里！明天他不会战斗，血淋淋的英雄般的死亡将会降临。

同时拥有诗人的脸和斗牛士身体的收，可谓是三岛本人的写照。他从二十七岁开始健身，身材不输斗牛士，这通过很多照片都能够得以证实。

通过以上的比较分析，我们可以看出村上春树和三岛的崭新的一面。

村上春树只是作为游客观赏斗牛，对斗牛士非常尊敬，但自己绝不参与其中，是消极的、客观的“非斗牛士型”作家。村上春树虽已年近七十，但仍客观地旁观着世间百态，平静地从事着写作活动。

三岛的斗牛观和村上春树正好相反。结果，三岛宛如与巨大的牛对抗的斗牛士般，走完了自己波澜壮阔的一生。同时拥有诗人的脸和斗牛士身体的三岛于 1970 年 11 月 25 日，在陆上自卫队市谷基地的阳台上切腹自杀。

由此，我们可以说，三岛是死得轰轰烈烈的“斗牛士型”作家，村上春树则是与之相反的戏剧性的、行动派作家。两人所持有的斗牛观虽说截然不同，但在对斗牛和斗牛士持有敬意这一点上是共通的。

6

静态的痛苦

耐人寻味的是，村上春树和三岛都对西班牙现代绘画，尤其是巴勃罗·毕加索和萨尔瓦多·达利的画作情有独钟。

村上春树在《西班牙幸福小村的壁画》的散文中提到了毕加索绘画。此外，在该文章中，村上春树还谈到了“蓝色时期”、《三个音乐家》和《格尔尼卡》。

村上春树非常喜爱“毕加索式忧郁（blue）”，醉心于他“蓝色时期”的作品。村上春树从毕加索绘画的造型要素中发现了“滑稽的感觉”，为了给自己的作品增加幽默感，经常提到毕加索的绘画。

此外，村上春树之所以对“蓝色时期”情有独钟，主要是因为毕加索这一时期的绘画主题与以青年时期的死亡与重生为主题的小说相一致。

《挪威的森林》中描绘的木月和直子的死，以及两人与渡边之间的情感纠葛，让人联想到毕加索“蓝色时期”杰作《人生》背后的卡萨吉玛斯的死和毕加索、卡萨吉玛斯、洗衣女工杰曼三人的关系。

与村上不同，三岛是被《格尔尼卡》中的痛苦和静态所包含的造型语言所吸引。

1952 年 1 月，三岛在纽约近代美术馆观赏了《格尔尼卡》。在《阿波罗之杯》中，他从美学角度出发，以色彩搭配和痛苦的关系为切入点，分析了这幅画所包含的静态：

这里还有毕加索的《格尔尼卡》，印象中有白、黑、灰和透着深灰的绿色。画面色彩极其淡雅，给人古典幽静的感觉，感受不到丝毫血腥味儿。画的题材当然是阿鼻叫唤，但被捕捉到的苦闷的瞬间却十分平静。希腊雕塑《尼俄柏》里主人公被神箭刺中后背，虽身入苦海却神态自若，这反而更能够打动观者。或许毕加索也在追求这种效果。

《格尔尼卡》表现出的静与之不同。画面中表情本身十分明显，因痛苦产生的扭曲也已达到极致，而这种痛苦的总和催生出了静态。《格尔尼卡》所展现的静态，是无法通过感觉或感情展现出的痛苦的静态，也就是说是痛苦的极致。它让人们明白，当痛苦达到一定程度后是无法表现的，不管用怎样扭曲的表情，怎样的阿鼻叫唤、眼泪、狂笑，都不足以表达这种痛苦。人的能力虽有限，而痛苦的程度却是无限的。

在这一领域，画面上的任何一种痛苦，都试图最大限度地表现出来。痛苦的触手伸向四面八方，然而还没有一个真正达到痛苦的高度。每个人的痛苦都是失败的，至少看起来是要失败的。毕加索似乎抓住了所有失败的瞬间，集之大成，达到了那样一种静态。

三岛出色地分析了《格尔尼卡》所包含的静态。同时，画面的左上角画着一头公牛，热爱斗牛的三岛也许从这幅画中看出了“斗牛的象征性”。

由此我们可以总结出两位作家的毕加索画作观：村上春树从中感受到了幽默，并且从“蓝色时期”的画作主题中得到启示，创作了自己“蓝色时期”的小说《挪威的森林》和《没有色彩的多崎作和他的巡礼之年》。

与之相对，三岛由纪夫则是被毕加索绘画中“破坏的总和”，以及包含着“斗牛象征性”的轰轰烈烈走向死亡的戏剧性所打动，并将这种“破坏的总和”和戏剧性融入了自己的作品创作中，写出了《镜子之家》和《奔马》等杰作。

村上春树和三岛由纪夫对达利的绘画也持有不同的观点。村上春树在高中时期曾撰写过题为“参观达利画展”的新闻报道，陈述了达利超现实主义绘画的魅力。他视达利为超现实主义绘画的代表画家，并在自己的作品《且听风吟》《天黑以后》《1Q84》中使用了达利绘画中“时空的停止”和“时空的扭曲”等超现实主义创作手法。

与村上春树不同，三岛则是从达利绘画中看出了基督教要素和青春的虚幻无常。三岛曾写过与达利的三幅绘画作品相关的散文，这三幅作品分别是《纳喀索斯的变形》《十字架上的基督》和《最后的晚餐》。三岛首次提到的达利画作就是《十字架上的基督》，他在纽约的大都会艺术博物馆看到了这幅画，并在散文《达利〈十字架上的基督〉》中，谈了画中包含的基督教要素。

我喜欢达利近些年的宗教画。不管是华盛顿美国国家美术馆里的《最后的晚餐》，还是纽约大都会艺术博物馆里的《十字架上的基督》，我都非常喜欢。但是从复制品的效果来看，我觉得构图简单、色彩明朗的《十字架上的基督》略胜一筹。《最后的晚餐》的细节部分，比如说杯中澄澈而又神圣的葡萄酒，也许是它美得让人炫目，正因如此，我觉得复制品连原作效果的十分之一都没还原出来。

《十字架上的基督》是达利1954年的作品，在大都会艺术博物馆受到了破格待遇，画作的前面总是挤满了观赏的人。

《十字架上的基督》中的十字架使用了立体主义的画法。基督和十字架都完全悬浮在空中，形成了神圣而形而上的空间。左下角的圣母马利亚则完全是文艺复兴时期的画法。这样的对比非常出彩，构图上的紧张感也无与伦比。此外，遥远的地平线浸染着破晓前的蓝色微光。

此外，三岛还在散文《达利的葡萄酒》中，提到了这幅画：

看过萨尔瓦多·达利《最后的晚餐》的人，一定永远都不会忘记放在桌上的面包、玻璃杯中在夕阳照射下散发出如红宝石般光芒的葡萄酒。它们仿佛能刺激人的感官，好像舔一下画布就会醉倒一样。这画就像是彩色照片，但是，这摹本背后有着某种神圣的、充满四周的光之主题，这一点和照片完全不同。在这光之主题之下，画上的葡萄酒才可被称为基督的葡萄酒吧！

另外，从达利的《纳喀索斯的变形》中，三岛解读出了青春。

萨尔瓦多·达利有一幅叫作《纳喀索斯的变形》的画。低垂着头的纳喀索斯浸泡在水中，半个身体正在逐渐变成水仙花球根。达利用清澄的色彩将早春凛冽的寒气刻画得淋漓尽致。除此之外，我不知道还有哪幅画能表现出早春神圣的悲剧性和青春的虚幻无常。

三岛不怎么关心达利绘画前卫的一面，而是喜爱表现基督教世界的宗教画和它展现出的青春虚幻无常的这一面。

《格尔尼卡》壁画

7

冲动的热情

如前所述，在村上春树的作品中，西班牙文化发挥着巫术作用。精通西班牙语的日本人作为巫术中介，在作品中发挥着诱导主人公从“此岸”“通往”“彼岸”的作用；西班牙母语者则是通过“接触巫术”和“模仿巫术”，创造出一个主客合一的世界。此外，西班牙音乐发挥了“护身符”的作用，西班牙语所具备的音乐节奏也作为“咒语”，发挥着促使故事局面好转的作用。

与村上春树不同，三岛借助西班牙文化，来突出自己作品中的“贵族的高贵”和“冲动的热情”。

三岛名作《金阁寺》中出现过一位居住在西班牙风格洋馆的女性。三岛这样描写这位女性角色以及西班牙风格宅邸内在的高贵之感：

这女子是从一幢宏伟的西班牙式宅邸的侧门走出来的。这幢宅邸有两个烟囱，有斜格子玻璃窗，还有宽阔的温室玻璃屋顶，给人一种很容易破损的感觉。隔着马路的体育场一侧，耸立着一面很高的铁丝网，这无疑是由于宅邸主人的抗议而架设起来的。

同样，三岛还在自己唯一的科幻小说《美丽之星》中再次写到了西班牙建筑内在的“高贵”：

中央讲堂的左右两边修建有西班牙风格的古老洋馆，仿佛鸟儿张开的双翼。房顶的石瓦层层叠叠好像细密的蓝色鳞片，从阳台上能看到复杂而华美的木质建筑的正面。

此外，三岛还把西班牙文化内在的“冲动的热情”投影在《镜子之家》的登场角色收的身上：

拥有诗人的脸庞和斗牛士般体格的伤痕累累的年轻人，就在那里！明天他不会战斗，血淋淋的英雄般的死亡将会降临。

由此，我们可以认为：村上春树在作品中赋予了西班牙文化“巫术作用”；而三岛没有为西班牙文化赋予具体的文学功能，而是把该文化内在的“贵族式的高贵”和“冲动的热情”反映在自己的作品中，并形成了独特的世界观。

8 多面诗人

村上春树和三岛由纪夫都在文学作品或是评论性的散文中提到了加西亚·洛尔卡。但是，两人对洛尔卡的认识却大相径庭。根据笔者的调查，村上只在《海边的卡夫卡》中论及西班牙内战时两次提到了洛尔卡。让我们重温一下主人公卡夫卡和佐伯的对话：

"你在想什么？"佐伯问我。

"去西班牙的事儿。"我答道。

"去西班牙干什么？"

"吃好吃的海鲜饭。"

"就干这个？"

"参加西班牙内战。"

"西班牙内战六十年前就结束了。"

“我知道。”我说，“洛尔卡死了，海明威活了下来。”

在书中，村上春树安排图书管理员大岛和主人公卡夫卡分别说出了“洛尔卡死了，海明威活了下来”这句话。村上春树就像作为国际纵队义勇兵一员的海明威一样，表明了支持西班牙第二共和国政府的观点。

与对洛尔卡被暗杀一事表示出明确政治立场的村上春树不同，在1970年和尾崎宏次的对谈中，三岛从西班牙文化的角度力赞了洛尔卡的戏剧，但不赞成从政治的角度对洛尔卡进行评判：

有非常平民的一面，也有西班牙文化中难以名状的由盛转衰的一面。正因为有这样的堕落和颓废，洛尔卡的戏剧才能那样出色吧！但人们一般评价洛尔卡，总是只提到他政治性的一面。

在文学日记《裸体和衣裳》中，三岛讲述了自己购买《洛尔卡选集》的事情，还赞扬了他的戏剧《叶尔玛》，并且从客观的立场上描写了弗朗西斯科·佛朗哥的独裁统治。

杂志上刊登了加西亚·洛尔卡的选集，我就赶紧订了那一期，看了人偶戏《唐·克里斯托弗》(*Don Cristobal*)和著名的《血的婚礼》。以前还看过《叶尔玛》和《唐·派李林普里和贝里沙的庭院之恋》(三岛原文如此——笔者注)，这样一来，我就看过四部洛尔卡的作品了。至于读后的感想，觉得还是最喜欢之前看的《叶尔玛》。

自从看了《叶尔玛》，加西亚·洛尔卡这个名字就从我的心头挥之不去。阴历正月，我一到马德里就问："哪里在上演洛尔卡的戏剧？我想看。"当然，我这无知的期待很快就因"只要佛朗哥还活着，马德里就看不到洛尔卡的戏剧"的答复落了空。

三岛醉心于洛尔卡的戏剧和诗歌。他曾为《叶尔玛》写了一篇散文，名为"叶尔玛赞"。在文章中，三岛讲述了去马德里时的逸事，还称在现代剧作家中最喜爱的就是洛尔卡和田纳西·威廉斯（Tennessee Williams），并且热情洋溢地讲述了洛尔卡戏剧的魅力：

加西亚·洛尔卡的《叶尔玛》非常精彩。之后我也看了翻译成日语的《血的婚礼》等其他作品，但还是觉得《叶尔玛》是最棒的，这正是一位非常独特的诗人的作品。《叶尔玛》改变了我对近代戏剧的固有观念。在国外被问到最喜欢的现代剧作家是谁时，我肯定会回答加西亚·洛尔卡和田纳西·威廉斯。

那个正月是我第一次去马德里，到了之后问的第一个问题就是哪里在上演洛尔卡的戏剧。现在想想，这真是个蠢到不能再蠢的问题，会被人嘲笑说只要佛朗哥还活着，就不会上演洛尔卡的戏剧。（中略）在《叶尔玛》最后一幕极具冲击力的悲剧面前，连契诃夫那样精巧的作品都会黯然失色。

此外，在和尾崎的对谈中，三岛还比较了日本剧作家木下顺二和洛尔卡，强调洛尔卡戏剧的魅力是由“平民”和“堕落”两大要素共同构成的：

> 比方说木下顺二，他虽然写民间故事的戏剧，但是身体里没有堕落这个要素，而洛尔卡就有。他既有平民的一面也有堕落颓废的一面，正因为如此，他的戏剧才会如此丰富吧！

三岛不仅被洛尔卡的戏剧所吸引，也为他的诗歌作品着迷。三岛高度评价《致伊格纳西奥·桑切斯·梅西亚斯的挽歌》，并在《裸体和衣裳》里写道：

> 说几句题外话，加西亚·洛尔卡献给斗牛士的挽歌，那首《致伊格纳西奥·桑切斯·梅西亚斯的挽歌》中飘荡着芬芳的血腥味，斗牛士所有的“庸俗”都被抬升到英雄的高度了。

在《裸体和衣裳》中，三岛还分析了《血的婚礼》的主题和戏剧效果，并盛赞剧作家洛尔卡道：

> 《血的婚礼》由三幕组成，讲的是婚礼以流血收场的故事。故事的主人公正是不忠的新娘和她的前未婚夫莱奥纳多，这个莱奥纳多现已为人夫，却在新娘婚礼当天抢婚。
>
> 第一幕第二场尤为出色。莱奥纳多听闻前未婚妻就要结婚

的消息后，重新爱上了她，骑马去前未婚妻家幽会被妻子发现的时候，响起的悲伤满溢的摇篮曲很好地渲染了当时的气氛，对没有出现在舞台上的马的处理很好，还有第二幕第二场婚礼的场景也表现得很好。（中略）我觉得洛尔卡戏剧中，舞台背后独具西班牙特色的、不安而又神经质的、如同遮住月亮又迅速移开的片片薄云般的吉他伴奏非常出彩。他所有的戏剧都有吉他伴奏，带有叙事歌谣的情趣。（中略）

不管怎么说，加西亚·洛尔卡都是一流的诗人，也是一流的剧作家。这是毋庸置疑的。

对比以上村上春树和三岛对于洛尔卡的认识，我们可以得出这样的结论：村上春树从政治的角度，着眼于西班牙内战中的洛尔卡；与之相对，三岛则是反对从政治的角度谈论洛尔卡，仅站在文学的角度关注作为一流的诗人和剧作家的洛尔卡。

从西班牙文化的角度来看，村上春树是回避了与危险为邻的斗牛士式生活方式、如常青树般淡然而投入地进行文学创作的“毕加索型”作家。敬爱毕加索的村上春树运用超现实主义、电影语言等前卫的手法，笔耕不辍。前面也提到过，村上春树在《舞！舞！舞！》中，对比了英年早逝的诗人、作家和长寿的艺术家毕加索。

很多诗人、作曲家的人生就像一阵疾风。他们上升得太快太高，不到三十岁就英年早逝。而巴勃罗·毕加索年过八十还坚持绘画，就这样平静地离世。

此外，着迷于“毕加索式忧郁”、为其“蓝色时期”作品群而倾倒的村上春树创作了《挪威的森林》《没有色彩的多崎作和他的巡礼之年》等以“青年时期的爱情与死亡”为主题的小说。

从政治的角度来看，村上春树也可被称为“毕加索型”的作家。支持西班牙第二共和国的毕加索，在佛朗哥政权建立的 1939 年到佛朗哥去世的 1975 年 11 月 20 日期间，从未正式踏入过西班牙的土地。村上春树则是为悼念被佛朗哥一方暗杀的加西亚·洛尔卡，借图书管理员大岛和主人公卡夫卡之口，表达了自己想作为支持西班牙第二共和制的国际纵队义勇军的一员参加西班牙内战的愿望。从这里可以看出，村上春树和毕加索一样，是支持西班牙第二共和制的。

此外，村上春树也是“非斗牛士型”的作家。他虽然观赏斗牛，对斗牛士的勇敢表达了敬意，但是他并不像海明威一样，对自己亲自上阵斗牛没有兴趣。这是因为村上春树不是那种需要外界刺激才能写作的作家，而是“从自己内部编织出故事的作家”，所以也就没必要亲自上阵斗牛了。

另一方面，三岛则是“斗牛士型”“加西亚·洛尔卡型”的作家。三岛对斗牛士的工作很感兴趣，在自己的作品中也多次提到斗牛。1970 年 11 月 25 日，像对抗公牛的斗牛士般充满激情的三岛决然地剖腹自尽。洛尔卡也像三岛一样醉心于斗牛，并在自己的作品中多次提到过斗牛。此外，三岛作品和洛尔卡作品也有很多相似之处。实际上，三岛的《萨德侯爵夫人》和洛尔卡晚年的戏剧作品《贝尔纳达·阿尔瓦之家》非常相似，两部作品都是完全没有男性角色登场的“女人戏”。

和村上春树不同，三岛厌恶衰老，在四十五岁时就为自己的人生画上了休止符。洛尔卡也是在三十八岁时就英年早逝。奥野健男在《三岛由纪夫传说》中写道:“作为背负着英年早逝命运的天才，三岛总是一刻不停地幻想着死亡。”于是，三岛如同和凶猛的黑色公牛战斗的“斗牛士”一样，在 1970 年 11 月 25 日结束了自己的生命，和洛尔卡一样成为了“二十世纪诗一般的传说”。

《叶尔玛》西语封面

《血的婚礼》日语版（1954年）

死不是生的对立面，而是作为生的一部分永存。

——《挪威的森林》

FINALE

献给逝者的文学

1

海滨之城

众所周知，村上春树从幼时到高中毕业都是在关西的大阪和神户附近度过的。村上年少时期住在夙川，之后搬到了芦屋的打出浜，在神户六甲的兵库县立神户高中上学。也就是说，村上春树记忆最初的风景就是芦屋和神户的海岸线，他对海岸线城市的爱始终如初。现如今（2017 年），村上春树定居在神奈川县的海岸线附近，还会定期去夏威夷生活。由此我们便能知道村上春树为何如此深爱着巴塞罗那。这是因为这座城市和芦屋和神户一样，是海风微醺的海岸线城市。

此外，神户市与巴塞罗那还是姐妹城市。两座城市于 1994 年缔结姐妹城市条约，2014 年 1 月，为纪念条约结成二十周年，神户市副市长拜会了巴塞罗那市副市长，两座姐妹城市的友好交流一直不曾间断。村上春树在自传色彩浓厚的《且听风吟》中，描写了芦屋风景的俯瞰图：

海滨之城巴塞罗那

来讲讲这座城市吧。这是我出生、长大以及和女孩子初尝禁果的城市。

前面是海，后面是山，旁边是巨大的商埠。这真是一个很小的城镇。我从港口回来，驾车在国道上飞驰的时候不会吸烟。因为刚划着火柴，车就已经穿过这座城市了。

此外，村上春树还在该小说中，描写了芦屋的街道：

我开着车慢慢地在街上转悠，从海边通往山上的道路非常狭窄。河和网球场、高尔夫球场，一字排开的宽敞的房子，挤挤挨挨的墙壁，几间整齐排列的餐馆，时装店，老旧的图书馆，月见草繁茂的田野，有围栏的公园。街道上的风景和往常没什么两样。

芦屋的街道，就是从山通向海边的、细长的、海风微醺的海岸线街道。而巴塞罗那也是这样一座后面是丘陵、前面是地中海的海岸线城市。正因如此，直木奖获奖作家逢坂刚才在《逢坂刚的西班牙赞歌》中这样描述道：

巴塞罗那被蒙特惠奇和提比达波两座丘陵包围，是汇聚了地中海阳光的熠熠生辉的城市。

此外，在村上春树的故乡芦屋，也有一条从山通往海、沿着芦屋

哥伦布纪念塔

河的散步小道。这条小道与连接阪急芦屋川站、JR 芦屋站以及相邻的 JR 甲南山手站的线路垂直交叉。沿着这条路向前走，就会经过有十字架尖塔的芦屋天主教教会，就像村上春树在《且听风吟》里描写的那样，穿过网球场就来到了海边。

在《寻羊冒险记》中，村上春树这样描写道：

> 我沿着河一直走，在距离河口五十米的沙滩上坐了下来，痛哭了两个小时。

此外，村上春树还将短篇集《袋鼠日和》中《五月的海岸线》一篇的舞台设定在芦屋。村上春树借主人公之口，描绘了沿河通往海边的小道：

> 终于能看到海了，我沿着浅浅的河朝海边走去。海浪的声音，海的腥味，海鸟，影影绰绰看到的海面上抛锚的货船……被夹在陆地中间的海岸线在那里发出轻微的呼吸声。

和芦屋一样，巴塞罗那也有非常美丽的散步小道。名为兰布拉大道的道路，从位于巴塞罗那中心的加泰罗尼亚广场一直通到海边。兰布拉大道上坐落着巴塞罗尼亚的地标建筑——哥伦布纪念塔，穿过这个塔，就到了地中海。

巴塞罗那作家卡洛斯·鲁依斯·萨丰在以巴塞罗那为舞台的小说《风之影》中，借主人公之口，描写了从哥伦布纪念塔到海边的场景：

我在街上溜达了一个多小时，终于到了哥伦布纪念塔。从塔前穿过走到港口，在游览船乘船处旁边的石阶上坐了下来。

此外，在《风之影》的续作《天使游戏》中，鲁依斯·萨丰还描写了主人公大卫·马丁和“森佩莱儿子书店”的森佩莱穿过兰布拉大道走向海边的情景：

日暮时分，森佩莱和我穿过拥挤的兰布拉大道朝海边走去。酷热潮湿的午后，大道上全是慢腾腾走着的人。只能感受到一点点微风，各处的建筑都大敞着阳台或窗户，能看到住户们在俯瞰来来往往的人潮，天空被晚霞染成一片琥珀色。

就像引用部分中的登场人物一样，村上春树在巴塞罗那时，也曾

加泰罗尼亚广场

穿过兰布拉大道，走向海边。

村上春树幼时生活的街道——沿着芦屋河的散步道把步行者们引向海边，巴塞罗那以兰布拉大道为中心的街道也一样，会把游客和步行者们引向海边。和鲁依斯·萨丰一样，巴塞罗那作家爱德华多·门多萨（Eduardo Mendoza）在以巴塞罗那为舞台的小说《奇迹之城》中，这样描述巴塞罗那街道：

巴塞罗那一直都是港口城市。人们被大海哺育长大，再把努力的成果献给大海。巴塞罗那的街道自然而然会把步行者们带到海边，通过大海和其他世界相连。

此外，芦屋是“风之城”，城山、会下山吹来的山风和芦屋海滩的海岸线吹来的海风在这里交汇。同样，神户亦可称为“风之城”。因为六甲山系吹来的名为“六甲降”的下降气流和神户海岸线上升的海风在此交汇，而作为神户象征之一的风见鸡也从侧面印证了这一点。

在巴塞罗那，风的形成过程和上述两座城市有异曲同工之处。自然风从比利牛斯山脉吹到加泰罗尼亚地区的蒙特塞拉特山——一座有黑色圣母马利亚像的信仰之山，在这里形成的“灵验”山风，同沿着海岸向上吹的海风在巴塞罗那交汇。

巴塞罗那和芦屋一样，是“风之城”。也正因为如此，鲁依斯·萨丰才将以巴塞罗那这座城市为主人公的都市小说命名为《风之影》。

此外，和村上春树、吉本芭娜娜一样，在世界范围内拥有众多读者的日本小说家村上龙在小说《伊维萨》中写道：

巴塞罗那的风令人心旷神怡。

此外，从文学体验和风的关系这一观点出发，来看村上春树对巴塞罗那的偏爱，我们能够发现另外一个重要的事实。那就是村上春树是“风之作家”，所以才会爱着“风之城”巴塞罗那。村上春树在《且听风吟》中这样描写风：

大气微微地摇晃，风笑了。

此外，村上春树还在《东京奇谭集》的《天天移动的肾形石》中，借女性登场人物——经营高层大楼窗户保洁公司的贵理惠——之口，说明了风的本质：

风有含义，只是我们平时对此事浑然不觉。但总有一天，我们会注意到，风抱着某种目的包裹你、摇晃你。风知道你内心的一切。

接着，村上春树又借贵理惠之口，围绕生存谈及风和人的相互渗透性：

来到高处，那里只有我和风，其他什么都没有。风包裹着我，摇晃着我。风理解我，同时，我也理解风。然后我们相互接受，决定共同活下去。

西班牙语学者清水宪男在《堂吉诃德的世纪》中，这样描写西班牙文化中的文学体验和风的关系：

我喜欢夏天的比利牛斯山脉。尤其喜欢沉浸在山间风的怀抱中。这风没有接触过大楼等人造的东西，就那么自然地治愈着我疲惫的身体。毫无疑问，风在吹着，但是不管是照相机还是摄像机都捕捉不到它。只有通过草木的摇晃和物体被风吹发出的响声，才能向别人证明风的存在。我沉浸在这样的风中，意欲将文学体验和风重叠在一起。

但在文学中，这种感觉只能传达给直接体验过风的人。说明作品的概要就像是通过被风吹斜的草木的照片向别人传达风的存在。风若无其事地穿过捕获它用的网和笊，让抱有难以诉诸语言的感性、感情、感觉、自我矛盾的人的心产生动摇。

在《且听风吟》中，村上借鼠之口这样说道：

我静静地眺望着古坟，侧耳倾听划过水面的风。

村上春树从听觉的角度成功捕捉到了清水所说的“不管是照相机还是摄像机都捕捉不到”的风。

此外，村上春树在短篇小说《盲柳与睡女》的开头这样写道：

挺直背，闭上眼睛，就闻到了风的气味。

在《当我谈跑步时我谈些什么》中，村上春树也提到了风。

> 一思考人生，我有时就会觉得自己只不过是一根被海浪打到沙滩上的浮木。在从灯塔方向吹来的信风的吹拂下，头顶的桉树沙沙作响，微微摇晃。

聆听过两次巴塞罗那“风之歌”的村上春树在《没有色彩的多崎作和他的巡礼之年》的结尾，让“文学体验和风重叠在一起考虑”的行为结出硕果：

> 他静下心，闭上眼，进入了梦乡。意识最末尾的光亮，宛若渐渐远去的末班特急列车那样逐渐加速，变小，最终消失在夜色深处。只剩下吹过白桦林的风声。

村上春树在“风之城”巴塞罗那听到了穿过椰子树下降的山风和地中海上升的海风的声音，并将这一听觉体验间接反映在了小说中。

村上春树之所以在西班牙各城市中对巴塞罗那情有独钟，也许是因为那里的海岸线和他幼时生活的芦屋和神户的海岸线非常相似，三座城市都是山风和海风交汇的“风之城”。三座“风之城”的海岸线，通过海风、海的味道、进进退退的海浪的声音连接在了一起。

2

语言的磁场

村上春树本来就是一位身处多语言环境下从事写作活动的作家，他称自己身处的语言环境为“多语种带来的思考的拆分”，并在某个采访中这样说道：

> 要是我没有来到东京，而是一直待在关西生活的话，就只能用关西方言来思考问题，这样一来，我也就没办法顺利写出小说了吧！也就是说，就没有多语种带来的思考的拆分了。

接着，村上春树还在该采访中，对“多语种带来的思考的拆分”进行了说明：

> 从关西腔到关东话，从关东话到英语的三级跳。我觉得正

是因为有这样多重的语言环境，我才能写出有自己风格的文章。

此外，村上春树在把日语和英语作为日常语言使用的基础上，还学习了西班牙语。他 1992 年去了墨西哥旅游，2009 年和 2011 年两度前往西班牙。也就是说，村上春树把以前就很熟悉的关西腔、东京话、英语这三种语言环境中的三级跳，上升到了日语、英语、西班牙语这三种语言环境中。换言之，村上春树置身在语言的三角形磁场中，作为国际性作家坚持写作。

1994 年获得诺贝尔文学奖的大江健三郎在《小说家“我”的养成方法》中，提到了生活在三角形语言环境下进行写作的有效性：

但是对我来说，阅读法语或是阅读英语这件事儿，就像我前面说到的，和日语中的表述做对比才有意义。对我来说，在法语文本或者英语文本、日语文本和自己（的语言）形成的三角形的场中生活，就是最充实、最知性、最有感情的体验。

在文学生涯中，我没有出版过译作。但是，在这个三角形的磁场中，在有三方向力作用的语言中生活，本身就是在为成为小说家做准备。并且，比这个更加根本的是，我需要这个三角形的场。

村上春树在进行创作活动的同时，还作为译者将英语小说译为日语。关于这一点，村上春树在题为“翻译和被翻译”的散文中这样写道：

我努力在自己的脑海中先把日语模拟外语化——也就是说，在自己的意识里回避语言自带的日常性——然后构思文章，再用它来写小说。仔细想来，我好像从一开始就是这么做的。

从这一层面来考虑的话，我的创作和翻译工作其实是密切呼应的——不如说是表里一体的。我本身做了很长时间的翻译工作，所以知道翻译是多么不容易，也是多么开心的工作。

3

万物皆是诗

日本文化和西班牙文化，尤其是和西班牙南部的安达卢西亚文化一样，在本质上都能和自然发生共鸣。中村元在《比较思想论》中指出：

> 东方人顺应自然，追求自然和人类的一体化；与之相对，西方人则想要征服自然。

就像中村指出的那样，和西方人不同，日本人顺应自然，追求人与自然的和谐。另一方面，作为西方人的西班牙人确实有从科学的观点征服自然的倾向。

比方说，距首都马德里西北方向八百公里的阿维拉就是一座拥有城墙——为了征服自然的人类的智慧的结晶——的城市。虽说如此，却不能否认西班牙是欧洲各国中最接近非洲的国家。这里有温暖的气候，颇具拉丁气质的西班牙人与自然共鸣，与自然共生。尤其是在炎热的安达卢西亚地区的西班牙人，他们天生就具备与自然相通的倾向。这种倾向在安达卢西亚诗人的作品中可窥见一二。

从村上春树在《海边的卡夫卡》中提到的加西亚·洛尔卡的诗作和胡安·拉蒙·希梅内斯（Juan Ramón Jiménez）的诗作中，可以看到一个和自然共鸣的充满诗意的宇宙。

洛尔卡评传的作者伊恩·吉布森指出，洛尔卡诗歌般的语言和自然内在的集合意识密切相关。

> 洛尔卡继承了从大地涌出的所有语言的活力，并用非常自由奔放的形式表现了出来。只要实际听一下当地居民的谈话，观察一下他们使用的丰富多彩的意象，你就会明白：洛尔卡独特的戏剧和如诗歌般充满隐喻性的语言，是和树木、马匹、山峰、月亮、太阳、河流、鲜花、人类等一切密切相连、相互依存的，是根植于自古以来对自然的集合意识的。

洛尔卡在1934年3月10日和胡塞·R. 鲁纳的采访中提到了《血的婚礼》，并称自己的创作方法是从小养成的：

> 我深爱着大地。我觉得自己所有的感情都和大地紧紧相连。我最原始的记忆就是大地的芬芳。对我的人生来说，最重要的东西就是大地和田野。地面的昆虫、动物、乡下的人们都具有

只有少数人才能捕捉到的魅力。对此，我一直用孩子般的心境去感知。不然的话，我是写不出来《血的婚礼》吧！（中略）我初期的情绪性体验和大地，以及大地上的一切东西是紧紧相连的。

洛尔卡在《歌集》的《凡尔雷纳》中，巧妙地表现了自己和自然的共鸣：

金银花叶上，
停着一只萤火虫。
月亮投下一缕光，
照在水面上。

同样，洛尔卡还在诗集《最初的歌》的《半月》中，以青蛙为媒介，出色地表现了自己和自然的共鸣：

月亮在水边行走，
静谧的夜空会是什么样呢？
溪流古老的震颤，
月亮慢悠悠地去收割了，
就在一只小青蛙把月亮当成小镜子的时候。

在以上引用的两首诗歌中，洛尔卡不仅描写了人与自然的共鸣，也生动形象地描写了包括人在内的生物和宇宙之间的共鸣。

此外，洛尔卡的同乡好友，于1956年获得诺贝尔文学奖的诗人胡安·拉蒙·希梅内斯也非常重视和自然的共鸣，进而通过诗歌描写宇宙的悸动。希梅内斯以太阳、月亮、云彩、树木、山峰、山谷、光、枯叶、蟋蟀、风等为主题，诠释了其内在的诗意。他在诗集《牧人》的《被忧伤的天空包围》中，描写了宇宙转动中，夜空下的星星和蟋蟀的共鸣：

被忧伤的天空包围，
田野陷入沉睡。
我随着蟋蟀和星星演奏的，
音乐摇晃。
朝着远方的地平线，
小路长长，山谷摇晃。
山丘迅速远去……
周围笼罩在，
新月甜蜜的明亮中……

希梅内斯还在著名散文诗集《银匠和我》的《夜想曲》中，描写了“我”和陪我一起度过青春时期的驴子以及银匠一起侧耳倾听自己内心的宇宙，以及自然伴随月亮、微风流转的场景：

我在月亮、里拉、微风和影子形成的微光中，在蓝色和金色微微摇晃的芬芳的微光中，侧耳倾听着我内心无可替代的声音……

潮湿的、平稳的，地球在转动……

村上春树也是一位用细致笔触描写人与自然共鸣的作家。在《且听风吟》中，作者借登场人物鼠之口，描写了人类和自然的共鸣以及自然的悸动：

我静静地眺望着古坟，倾听划过水面的风。我当时的心情，是无法用语言表达的。不，根本不能说是心情。那种感觉就好像是被完完全全地包裹着。也就是说，蝉、青蛙、蜘蛛、风都合为了一体，在宇宙中流动。

鼠说完，喝掉了最后一口已经没了气泡的可乐。

“我每次写文章的时候，都会想起那个夏日的午后和树木繁茂的古坟。然后我就想：要是能为蝉、青蛙、蜘蛛还有夏草和风写点儿什么就好了。”

此外，村上春树还在小说集《神的孩子全跳舞》的同名短篇中，通过主人公善也，描写了人类和宇宙共鸣的场景：

随着音乐放空思绪活动身体，就能切实感受到自己身体中自然的律动和世界的基本律动是相呼应的。潮涨潮落，吹过田野的风以及运行的星辰，这些东西的发生不会和自己完全无缘。

善也这样想。

因此我们可以说，村上文学和西班牙文化一样，是在本质上能和自然发生共鸣的诗意宇宙中成立的。

4

献给逝者的文学

村上文学和西班牙文化都把死看成生的一部分，并且具有向死者献上祈祷的精神态势。也就是说，和欧美其他国家的文化不同，这两者不是将死看作一切的终结，而是看作新的开始。关于这一点，加西亚·洛尔卡在题为“精灵的理论和机关”的演讲中说道：

> 在很多国家的文化中，死都意味着终结。死亡降临，帷幕落下。但是，在西班牙文化中，死亡意味着新的开始。（中略）西班牙是一个把死亡包含的终极的、真正的价值看得十分重要的国家。

同样，在前卫戏剧《无题剧》中，洛尔卡借登场人物之口说道：

你必须要感谢自己身处一个喜爱死亡的国度——西班牙。

从村上文学也能看出类似的世界观。对于生和死的关系，村上春树借《挪威的森林》主人公渡边彻之口，这样描述道：

> “死不是生的对立面，而是作为生的一部分永存。”
>
> 这句话听起来并没有什么特别之处，但当时的我并不是将其作为语言，而是作为一种凝结的空气来真真切切感受的。不管是镇纸中，还是桌球台上排列的红白四球中，都存在着死。而且，我们每个人在像吸入细小灰尘一样把死亡吸入肺中的同时，都在活着。（中略）死并非是生的对立面，“我”这个存在本来就包含了死亡，这个事实是无论如何都不会被忘却的。
>
> 十七岁那年五月的某个夜晚，死俘获了木月，也俘获了我。（中略）但是，不管怎么想，死亡都是严峻的事实。我在这令人窒息的矛盾中，循环着永无止境的思考。现在想来，那些日子真是奇妙。在生命最好的年华里，凡事竟都以死为中心旋转着。

《挪威的森林》在某种意义上可以说是以木月的死为起点的故事，是围绕木月的死，还有木月的恋人，后来成为渡边彻情人的直子的死旋转的故事。

加西亚·洛尔卡和胡安·拉蒙·希梅内斯都是二十世纪西班牙文坛最杰出的诗人。洛尔卡的死更是给西班牙文化留下了很深的阴影，抛开这件事，就没法谈论二十世纪以后西班牙文化和死亡的关系。安东尼奥·马查多（Antonio Machādo）为悼念洛尔卡，写了题为“罪行发生在格拉纳达——献给费德里科·加西亚·洛尔卡”的诗：

看到了他走远的身姿……
啊！朋友！带着石头和梦想
走向阿兰布拉宫，
在啜泣的泉水边，
篆刻敬献给诗人的墓碑吧，
然后永远地诉说着——
罪行发生在格拉纳达，费德里科的格拉纳达！

读完这首诗，身为读者的我们能够感受到：为洛尔卡的死献上祈祷的马查多和在《海边的卡夫卡》中悼念洛尔卡的村上春树交叠重合，共鸣。

西班牙文学是可以将生者和死者结合在一起的文学。出生于西班牙西北部城市巴利亚多利德的小说家米格尔·德利比斯在获得西班牙纳达尔奖的处女作《柏树影子长》中，描写了主人公佩德罗在妻子简出车祸去世后，回到了故乡阿维拉，拜访了间接因自己而死的好友阿尔弗雷德的墓地。德利比斯这样描写道：

凝视着排成两列的墓碑，无尽的安详像海浪一样朝我涌来。感觉就像在入口卸下了没有气味的、名为苦恼的货物。

“我的位置在这儿，”我自言自语道，“我是生者和死者的中介人。”

越靠近阿尔弗雷德的墓碑，我就越热血沸腾。墓碑的石头被大雪掩埋，但我看到了刻着我们名字——阿尔弗雷德和佩德罗——的松树，黑色的树皮透着黄色。我突然想感受一下树液的颤动，于是靠近松树，双手摸了摸树干。

我陶醉在过去的岁月和深厚的友谊中，不由得呆了半晌。然后，我下意识地从口袋中掏出筒的刻着琐罗亚斯德警句的结婚戒指，走向好友的墓前，从墓碑石头的间隙处把戒指放了进去。我听到戒指碰到石头发出的清脆声音，一种难以描述的感觉击中了我。现在，给予我活力的两股力量终于汇合在了一起。

在《且听风吟》中，主人公“我”为了拜访美国小说家德里克·哈特菲尔德的墓地，去了美国。在哈特菲尔德墓前，“我”融入到了生与死结合的安详世界：

我整整花了一个小时才找到哈特菲尔德的墓地，献上从周围草原摘的灰扑扑的野玫瑰，面对着墓碑双手合十，然后坐在地上开始抽烟。在五月和煦的阳光的照射下，我感到生死同样安详。我仰面躺下，闭上眼睛，连续几个小时一直在听云雀的歌声。

村上春树通过描写主人公拜访哈特菲尔德墓地这一具有祈愿性质的行为，创造出一个生者和死者相互联结的寂静的故事空间。

而在《挪威的森林》中，主人公渡边彻也向去世的两位好友——木月和直子献上了祈祷：

初秋的午后天朗气清，和一年前我去京都探望直子时一模一样。云像骨骼般又细又白，天空澄澈通透看起来格外高。

又是一个秋天，我心想。风的气息、光的色调、草丛中盛开的小花、细小声音的回响，无不告知我秋天的来临。四季流转，我与死者间的距离越来越远。木月依旧十七岁，直子依旧二十一岁。

我想，村上春树至今仍在某处回想着故乡芦屋的海岸线和巴塞罗那进进退退的海浪声，书写着山风和海风交织的作品。也会继续创作将生与死结合、带着安详祈祷的故事吧！

我喜欢村上春树的作品，我觉得他的作品中有其他作家模仿不来的文学样式。他创造出的文学世界非常有魅力，也很有深意。

——村上作品西语译者加布里埃尔·阿尔瓦雷斯·马丁内兹

APPENDIX

村上春树作品
西语版译者访谈

访谈

回答者：加布里埃尔·阿尔瓦雷斯·马丁内兹（西班牙人，村上春树作品西语版译者。）

Q: 您翻译的是村上春树的哪部作品？译作的出版社和出版年份各是什么？

① 1Q84 BOOK 1 ～ 3，图斯凯茨出版社，2011 年。

② 舞！舞！舞！，图斯凯茨出版社，2012 年。

③ 没有色彩的多崎作和他的巡礼之年，图斯凯茨出版社，2014 年。

④ 漫步到神户，杂志《Grantha》收录，2014 年。

⑤ 没有女人的男人们，图斯凯茨出版社，2014 年。

⑥ 寻羊冒险记，图斯凯茨出版社，2016 年。

实际上，我在把村上春树的许多作品翻译成西班牙语之前，还曾将几部作品译为加利西亚语，它们分别是：

① 天黑以后，嘎拉库西亚出版社，2008 年。
② 当我谈跑步时我谈些什么，嘎拉库西亚出版社，2009 年。
③ 1Q84 BOOK 1 ～ 3，嘎拉库西亚出版社，2010 年。

Q: 西班牙读者一般是怎样看待村上文学的？哪些要素吸引着他们？

西班牙读者中，既有狂热的粉丝，也有不太喜欢村上文学的人。但总的来说，村上的作品很受西班牙读者欢迎，销量也很好。

至于吸引西班牙读者的要素，我觉得有两个：一个是他的作品中融合了美国流行文化的要素和日本文化所具备的要素，并提到了各种音乐和文学作品；另外一个则是村上春树作品中出现的各种人物和动物居住的“独特的世界”。

有时某部作品中出现的人物或要素会出现在其他作品中，我觉得这一点也是村上文学的魅力之一。

此外，村上先生对各种心理状态和氛围的描写非常巧妙且出色，所以我认为和登场人物感同身受，进而产生共鸣的读者也不在少数。

Q: 您见过村上春树吗？如果见过，是什么时候？当时，您和村上春树针对翻译或他的作品进行了怎样的对话？

是的，我和村上春树先生见过面。2009 年 3 月 12 日，村上先生为出席西班牙加利西亚地区的国际文学奖胡安·德·圣·克莱门特大主教奖的颁奖典礼，去了当地的罗萨利亚·德·卡斯特罗高中，并和夫人洋子女士下榻雷耶斯·卡托里克斯国营酒店。

在召开记者见面会之前，我去向村上先生问好，我们两人就此相识。记者见面会后，村上先生和洋子女士还有编辑们一起走回酒店。村上夫妇在酒店稍作休息后，我们又一边闲聊一边去了酒店里的自助餐馆，在那里，村上先生举办了签售会。在活动中，我作为一名普通的读者参与其中，请村上先生在书上签了名。

我和村上夫妇散步时，村上先生对我说："我马上就要出版新的小说了，题目是《1Q84》。"

之后，我就将《1Q84》全三卷译为了西班牙语，由巴塞罗那图斯凯茨出版社出版。

Q: 您觉得和村上龙、吉本芭娜娜等同时代的日本小说家相比，村上作品有什么特殊之处吗？

有。和村上龙、吉本芭娜娜相比，村上春树的作品在西班牙拥有压倒性的人气。他的新书在西班牙出版时，报纸会刊登相关的新闻报道，他的作品总是非常引人注目。

Q: 读者们是把村上文学作为日本人书写的、表现“日本”的文本来阅读？还是作为不属于任何特定社会的世界性故事来阅读？

和日本文学、日本文化相关的新闻报道中经常出现村上春树的名字。但是，我觉得对于西班牙读者来说，村上文学比起表现“日本”的文本，更像是世界性的故事吧！但与此同时，也能为我们展现日本社会的方方面面。

Q: 在同时代的日本文化（电影、漫画、料理、文学、建筑、美术、音乐）中，有没有和村上文学共通的要素？如果有的话，是什么要素？共通之处是什么？

我认为村上文学和欧美电影有很多共通的要素。

Q: 西班牙的年轻人喜欢什么样的文学、电影、音乐？

当然，这个也是因人而异的。《权力的游戏》《绝命毒师》等美剧非常有人气。至于国外的大众文学，除了刚才说到的《权力的游戏》《五十度灰》和史迪格·拉森（Stieg Larsson）的

《千禧年三部曲》（这个或许年代有些久远了）之类的畅销书也很受欢迎。

最近有一种“YouTubers”现象，就是频繁往 YouTube 上传视频成为网红。有些视频内容浅薄，或是在某种意义上不适合孩子们模仿，但在小孩儿和青少年之间很受欢迎。

音乐的话，西班牙歌手巴布洛·阿尔波朗（Pablo Alboran）、奥林（Aarin），还有贾斯汀·比伯（Justin Bieber）等流行歌手、斯克雷克斯（Sukrex）等回响贝斯手、乐队 Arcade Fire、Love Of Lesbian，还有 Bestusta Mola 等印第安歌手等，都非常受欢迎。

Q：您觉得村上作品在日本的接受情况，和在西班牙的接受情况是否有区别？如果有的话，具体是哪些区别？

我觉得日本有很多狂热的村上粉丝，也有很多与村上文学相关的研究类图书、文章或是导读类图书，日本有很多“村上通”。还有，不仅是小说，有很多日本读者也喜欢看村上春树尚未被译为西班牙语的游记和杂志上刊登的报道。

西班牙从九十年代初才开始翻译村上文学，我觉得和日本相比，读着村上春树作品长大的西班牙读者还很少。

Q：作为翻译家，您对村上文学有什么看法？

我在把村上春树作品翻译成加利西亚语之前，只看过两本他的作品。接受翻译委托后，我开始阅读他的其他作品，并查阅、收集了村上春树的相关信息。我并不觉得自己是狂热的粉丝，但是我喜欢他的作品，我觉得他的作品中有其他作家模仿不来的文学样式。他创造出的文学世界非常有魅力，也很有深意。

后　记

本书是在各种偶然因素的共同作用下诞生的。首先，笔者和村上春树一样，也是在芦屋和神户度过了少年时期。这便是一切的开端。笔者记忆中最初的风景是跟村上春树重合的。换句话说，在《且听风吟》中登场的网球场、《寻羊冒险记》结尾部分主人公“我”走过的芦屋浜的小小海岸线等笔者是十分熟悉的。笔者也深爱着村上文学，最终出版了这本和村上文学有关的书。那么，接下来，笔者就讲述一下本书诞生的具体过程，并对帮助我完成此书的各位表示感谢。

笔者的专业是西班牙文学和比较文学，曾在2010年写了一篇关于村上春树对西班牙语和西班牙文化的偏爱的评论性文章。这篇文章得到了关西外国语大学名誉教授，也是我的恩师田尻阳一老师的肯定。田尻老师说:“这篇文章非常有意思啊！不要让它止于一篇文章，而是考察一下村上春树文学作品中西班牙语和西班牙文化发挥的作用，整理成书如何？”

笔者铭记田尻老师的话，在2014年发表了题为“村上文学中的西班牙语和西班牙文化”的论文。笔者以这篇论文为起点，从比较文学的观点进一步探究了村上文学和西班牙语与西班牙文化间的关系，在2017年出版了本书。

因此可以说，田尻老师的建议是写作本书的契机。而把神户高中的永田实老师介绍给我的也是他。在这里向田尻老师表示深深的感谢。

2012年1月，笔者为写作本书来到神户高中，永田老师带我走了村上春树曾走过的路，并为我详细解说了每一处地方，对笔者的写作非常有帮助。在此，向永田老师表示感谢。

此外，还要感谢《1Q84》《没有色彩的多崎作和他的巡礼之年》等村上作品的西班牙语版的译者加布里埃尔·阿尔瓦雷斯·马丁内兹。笔者于2011年和加布里埃尔相识于神户，关系一直非常好。他不仅认真地回答了笔者的访谈，还详细讲述了在圣地亚哥·德·孔波斯特拉和村上春树相见的逸事。没有加布里埃尔的协助，本书就无法成立。对笔者来说，和加布里埃尔一起沿芦屋川而下，一直散步到村上春树热爱的芦屋浜的小小海岸线的回忆，实在是太美好了。

笔者还要感谢西班牙加利西亚地区卡巴基诺第一高中的国语教师胡塞·路易斯·加尔西亚。胡塞·路易斯老师是我在萨拉曼卡大学留学时的好友阿尔弗雷德·加尔西亚的父亲。胡塞老师陪同笔者前往调查村上春树去过的罗萨利亚·德·卡斯特罗高中。此外，介绍加布里埃尔·阿尔瓦雷斯·马丁内兹给我认识的也是他。

还要感谢西班牙巴塞罗那豪梅福斯特市立图书馆的卡梅·加尔

贝·蒙特雷馆长。馆长将2009年在该图书馆举办的村上春树和伊莎贝尔·科赛特的座谈会内容、宣传单等资料通过电子邮件发给了我，对本书的写作起到了很大的作用。

还要感谢静冈县立大学的森直香老师。森老师的论文“关于村上春树在西班牙的接受情况的预备考察——以《挪威的森林》为中心”是日本研究村上春树和西班牙关系的开山之作。托森老师的福，笔者于2014年4月到2015年1月有幸在静冈县立大学工作。笔者前后在西班牙生活了七年，但是在日本，一直待在关西，处在关西腔的语言环境中。正因为有这次置身静冈也就是标准语语言环境下的机会，笔者才能深刻理解同时熟练使用标准语和关西腔的村上春树的语言世界。

还要感谢南山大学的佐竹谦一教授。佐竹老师著有《西班牙黄金世纪的大众演剧》《西班牙文学简介》等，是著名的西班牙文学研究者。佐竹老师高度评价了笔者用西班牙语写的拙作《加西亚·洛尔卡和三岛由纪夫——二十世纪的两大传说》。此外，佐竹老师还鼓励笔者:“不要止于这一本书，再写第二本吧。今后也请继续写下去！”笔者被老师的话深深触动，才完成了本书。

此外，还要由衷地感谢关西外国语大学校长谷本义高老师。谷本老师一直把我作为大学老师进行栽培。也要向热心指导我西班牙文学教学法的井尻直志教授和指导我西班牙语教学法的辻井宗明老师表示深深的感谢。

笔者还要向一直关心爱护自己的家人，父亲悦一、母亲茂美、弟弟光生表示感谢。因为有他们在精神上的支持，本书才得以出版。

此外，还要感谢村上春树先生。正是因为村上先生写出了很多杰作，笔者才得以执笔本书。最后，要感谢出版本书的国书刊行会的清水范之先生。在本书出版之际，清水先生从编辑的角度给出了很多建设性的意见。

2015 年 2 月，笔者为写作本书，去巴塞罗那郊外散步。走在巴塞罗那自治大学旁边的林荫道上，听到远处传来铃铛的声音，铃铛声音逐渐变大，羊群出现了。西班牙牧羊人拿着小小的铃铛，和几条狗走在前面带领着羊群。和羊群擦肩而过时，我的脑海中浮现出村上春树《寻羊冒险记》中的一节：

在十六世纪的西班牙，全国各地遍布着牧羊人才能走的路，连国王都不得进入。

待羊群走过后，愣神的笔者即兴赋俳句一首：

纵贵为王侯，仍不得入爱之牧羊路。

谨以此书献给所有喜爱村上春树作品和西班牙文化的人。

参考文献

日文书

[1] 爱德华多·门多萨．奇迹之城[M]．国书刊行会，1996．

[2] 安德烈·布鲁顿．超现实主义和绘画[M]．人文书院，1997．

[3] 安东尼·比瓦．西班牙内战1936—1939[M].MISUZU书房，2011．

[4] 安娜·杰林斯卡·埃利奥特．村上春树在波兰 — 寻出版社历险记[J] 国文学，1995，3：109－112．

[5] 奥克塔维奥·帕斯．弓与琴[M]．筑摩书房，2001．

[6] 奥野健男．三岛由纪夫传说[M]．新潮社，1993．

[7] 坂东省次，椎名浩．日本和西班牙 — 文化交流的历史[M].原书房，2015．

[8] 柴田胜二，都甲幸治，柳原孝敦，桥本雄一，加藤雄二．作为世界文学的村上春树[M]．东京外国语大学出版会，2015．

[9] 柴田胜二，加藤雄二．作为世界文学的村上春树[M]//久野量一．墨西哥年轻作家的战略和村上春树．东京外国语大学出版会，2015：236－240．

[10] 柴田胜二，加藤雄二．作为世界文学的村上春树[M]//柳原孝敦．羊男会不会梦到猪尾巴．东京外国语大学出版会，2015：125－142．

[11] 村上春树．边境·近境[M]．新潮社，2009．

[12] 村上春树．参观达利画展[J]．神户高中新闻，1964，123：2．

[13] 村上春树．柴田元幸．翻译夜话[M]. 文艺春秋，2010.

[14] 村上春树．村上朝日堂[M]. 新潮社，2010.

[15] 村上春树．村上朝日堂：斯迈尔加克夫对战织田信长家臣团[M]. 朝日出版社，2001.

[16] 村上春树．村上春树全作品1979~1989[M]. 讲谈社，2000.

[17] 村上春树．村上春树杂文集[M]. 新潮社，2011.

[18] 村上春树．村上先生的地盘儿[M]. 新潮社，2015.

[19] 村上春树．大萝卜和难挑的鳄梨[M].Magazine House，2011.

[20] 村上春树．当我谈跑步时我谈些什么[M]. 文艺春秋，2010.

[21] 村上春树．东京奇谭集[M]. 新潮社，2005.

[22] 村上春树．海边的卡夫卡[M]. 新潮社，2002.

[23] 村上春树．看袋鼠的好日子[M]. 讲谈社，2015.

[24] 村上春树．列克星敦的幽灵[M]. 文艺春秋，2006.

[25] 村上春树．没有女人的男人们[M]. 文艺春秋，2014.

[26] 村上春树．没有色彩的多崎作和他的巡礼之年[M]. 文艺春秋，2014.

[27] 村上春树．挪威的森林[M]. 讲谈社，2008年．

[28] 村上春树．奇鸟行状录[M]. 新潮社，2007.

[29] 村上春树．且听风吟[M]. 讲谈社，2006.

[30] 村上春树．日出国的工场[M]. 平凡社，2015.

[31] 村上春树．少年卡夫卡[M]. 新潮社，2003.

[32] 村上春树．神的孩子全跳舞[M]. 新潮社，2007.

[33] 村上春树．世界尽头与冷酷仙境[M]. 新潮社，2010.

[34] 村上春树．斯普特尼克恋人[M]. 讲谈社，2009.

[35] 村上春树 . 天黑以后 [M]. 讲谈社，2004.

[36] 村上春树 . 我的职业是小说家 [M].Switch Publishing，2015.

[37] 村上春树 . 我每天为做梦醒来 [M]. 文艺春秋，2010.

[38] 村上春树 . 舞！舞！舞！ [M]. 讲谈社，2009.

[39] 村上春树 . 喜欢吃沙拉的狮子 [M].Magazine House，2011.

[40] 村上春树 . 象的失踪 [M]. 新潮社，2010.

[41] 村上春树 . 寻羊冒险记 [M]. 讲谈社，2009.

[42] 村上春树 . 夜半蜘蛛猴 [M]. 新潮社，1998：25－27.

[43] 村上春树 .1973 年的弹子球 [M]. 讲谈社，2009.

[44] 村上春树 .1Q84[M]. 新潮社，2010.

[45] 村上春树 . 萤·烧仓库·其他短篇 [M]. 新潮社，1984：111－155.

[46] 村上春树 . 终究悲哀的外国语 [M]. 讲谈社，2006.

[47] 村上龙 . 伊维萨 [M]. 讲谈社，2011.

[48] 大和田俊之 . 村上春树在“00 年代”的美国 [J].EUREKA，2010，42（15）：77－85.

[49] 大江健三郎 . 小说家“我”的养成方法 [M]. 新潮社，1998.

[50] 大卫·丹姆罗斯 . 何谓世界文学 [M]. 国书刊行会，2011.

[51] 逢坂刚 . 逢坂刚的西班牙赞歌 [M]. 讲谈社，1992.

[52] 福岛数隆 . 西班牙语 J 文学名作选 2 [J].NHK 广播每日西班牙语，2015，11：111－117.

[53] 福田和也，斋藤环，市川真人 . 村上春树的 00 年代 — 围绕身体、孩子、恶展开 [J].EUREKA，2010，42（15）：59－76.

[54] 冈本太郎 . 村上春树和意大利 — 化为《东京布鲁斯》的《挪威

的森林》[J]. 国文学，1995:120－123.

[55] 谷川渥．三岛由纪夫美学讲座 [M]// 三岛由纪夫．达利《纳喀索斯的变形》．筑摩书房，2000.

[56] 谷崎润一郎．谷崎润一郎全集 [M]. 中央公论新社，2015.

[57] 关哲行，立石博高，中塚次郎．世界历史 — 西班牙史 1：古代～近世 [M]. 山川出版社，2008.

[58] 何西阿·平田．村上春树作品在美国 —“FUN”的经历 [J]. 国文学，1995，3：100－104.

[59] 胡安·拉蒙·希门内斯．柏拉图和我 [M]. 理论社，2011.

[60] 吉冈荣一．奥威尔和村上春树 — 围绕《1984》和《1Q84》展开〉[J]. 西班牙现代史，2011：115－125.

[61] 吉冈荣一．村上春树和英国 [M]. 彩流社，2013.

[62] 吉田春生．村上春树和美国 [M]. 彩流社，2011.

[63] 菅野昭正．阅读村上春树的方法 [M].// 龟山郁夫．神之梦和 1Q84 的记忆．平凡社，2012：70－104.

[64] 菅野昭正．阅读村上春树的方法 [M].// 菅野昭正．法国如何读村上春树作品．平凡社，2012：8－14.

[65] 江泽照美．欧洲共同语言参考标准和塞万提斯学院课程计划 — 对在日西班牙语教学的应用 [J].HISPANICA，2010，54：211－233.

[66] 杰伊·鲁宾．村上春树和语言的音乐 [M]. 新潮社，2007.

[67] J·G 弗雷泽．金枝篇 — 巫术和宗教的研究 [M]. 国书刊行会，2004.

[68] 今井清人．村上春树作品研究事典 [M]．鼎书房，2001.

[69] 卡洛斯·鲁依斯·萨丰．风之影 [M]. 集英社，2012.

[70] 科里努·亚特兰．村上春树的两面性：作为世界文学的村上春树 [M]. 东京外国语大学出版会，2015：57－79.

[71] 科里努·亚特兰，金春美，多米特里·科瓦列宁，赖明珠，杰伊·鲁宾，藤井省三．小组讨论 — 译者讲述村上春树的魅力及各自的阅读方法：世界如何解读村上春树［M］．文艺春秋，2006：71－97.

[72] 立石博高．西班牙·葡萄牙史 [M]. 山川出版社，2009.

[73] 罗兰德·彭罗斯．毕加索 — 其人生和作品 [M]. 新潮社，1978.

[74] 马里奥·巴尔加斯·略萨．给年轻小说家的信 [M]. 新潮社，2000.

[75] 米格尔·德里维斯．柔杉影子长 [M]. 彩流社，2010.

[76] 皮埃尔·卡巴纳．毕加索的世纪 — 从立体主义诞生到变容的时代 1881 — 1937[M]. 西村书店，2008.

[77] 浦澄彬．走过村上春树 [M]. 彩流社，2000.

[78] 清水宪男．唐吉柯德的世纪 [M]. 岩波书店，2010.

[79] 三岛由纪夫．决定版·三岛由纪夫全集 [M]. 新潮社，2001 — 2013.

[80] 三岛由纪夫．三岛由纪夫给老师清水文雄的信（全三十六封）[J]. 新潮，2003，1177：154－192.

[81] 森直香．关于村上春树在西班牙的接受情况的预备考察 — 以《挪威的森林》为中心 [J]. 国际关系·比较文化研究，2012：109－127.

[82] 山崎圆．镜中的暗杀者 — 村上春树的女人们 [J].EUREKA，2010，42（15）：171－175.

[83] 神吉敬三．巨匠们的西班牙 [M]. 每日新闻社，1997.

[84] 松本健一．村上春树 — 从都市小说到世界文学 [M]. 第三文明社，2010.

[85] 田尻阳一．原色之旅 — 火热新鲜西班牙 [M]. 昭文社，1998.

[86] 小阪知弘．加西亚·洛尔卡和三岛由纪夫 — 二十世纪的两大传说[M]. 国书刊行会，2013.

[87] 小阪知弘．村上文学中的西班牙语和西班牙文化 [J]. 关西外国语大学研究论集，2014，100：79－96.

[88] 小野好惠．爵士最终章 [M]. 深夜丛书社，1998.

[89] 巽孝之．元小说的思想 [M]. 筑摩书房，2001.

[90] 野谷文昭．消失的海岸线的行踪 [J].EUREKA，2010，21（8）：62－71.

[91] 伊恩·吉布森．洛尔卡 [M]. 中央公论社，1997.

[92] 伊恩·吉布森．洛尔卡·西班牙之死 [M]. 晶文社，1991.

[93] 尤尔根·斯塔鲁夫．村上春树在德国 [J]. 国文学，199：104－108.

[94] 中村元．比较思想论 [M]. 岩波书店，1966.

[95] 佐藤干夫．三岛由纪夫一直在村上春树的旁边 [M].PHP 新书，2006.

[96] 佐竹谦一．西班牙文学简介 [M]. 岩波书店，2013.

西班牙语参考文献

ÁLVAREZ PEREIRA, Abel. *Manual para el profesor de ELE en Japón*, Lugo, Editorial Axzc, 2012.

AYÉN, Xavi. "Los libros y discos del año. Sánchez peñol y Murakami y Cercas, destacados en el balance literario.", *La Vanguardia*, 24 de diciembre de 2005, p.40.

—. "Murakami muestra su lado oscuro", *La Vanguardia*, 17 de marzo de 2009. p.28.

—. "Sueño de Haruki", *La Vanguardia*, 10 de junio de 2011, p.36.

—. "Mi novela *1Q84* quiere descubrir todo lo que existe", *La Vanguardia*, 11 de junio de 2011, pp.36-37.

CASTELL, Elena. "Los libros de Isabel Coixet", *La Vanguardia*, 10 de mayo de 2008. pp.56-57.

DELIBES. Miguel, *La sombra del cipres es alargada*, Barcelona, Ediciones Destino, 2011.

GARCÍA LORCA, Federico. *El público y Comedia sin titulo*, introducción, tradución y versión depurada por Rafael MartínezNadal y Marie Laffranque, Barcelona, Seix Barral, 1978.

—.*Obras completas,I,Poesia*,Galaxcia Gutenberg,Barcelona,1996.

—.*Obras completas,III,Prosa*,Galaxcia Gutenberg. Barcelona,1997.

GARCÍA-VALERO,Benito Elias.*La magia cuantica de Haruki Murakami*, Madrid,Editorial Verbum,2015.

IGLESIAS.Ana."La gran fiesta de las letras".*El Correo Gallego*,13 de 2009. marzo,p.27.

JIMENÉZ,Juan Ramón.*Antologia poética*,Edición de Javier Blasco,Madrid, Cátedra,1996.

—.*Platero y yo*,Edición de Michael P.Predmore.Madrid,Cátedra,1998.

LOZANO,Antonio."Haruki Murakami:O cómo salir de un pozo extraño",*Qué Leer*,núm.137,noviembre de2008,pp.76-80.

MACHADO,Antonio.*Poesías completas*,Edición de Manuel Alvar,Espasa Calpe,Madrid,(24a.ed),1989.

MENDOZA,Eduardo. *La ciudad de los prodigios*, Barcelona,Seix Barral,2011.

MORELL,Blai."En *Mapa de los sonidos de Tokio* la directora catalana Isabel Coixet ha volgut mostrar una mirada diferent sobrela capital nipon"*La Vanguardia*,28 de agosto de 2009,pp.4-6.

MURAKAMI,Haruki.*La caza del carneró salvaje*,traduction del japonés de Fernando Rodríguez- Izquierdo y Gavala,Barcelona,Editorial Anagrama,1992.

—.*Crónica del pájaro que da cuerda al mundo*,traducción del japonés de Lourdes Porta y Junichi Matsuura, Tusquets Editores,2001.

—.*Sputnik,mi amor*,traductión del japonés de Lourdes Porta y Junichi Matsuura,Barcelona,Tusquets Editores,2002.

—.*Tokio blues.Norwegian Wood*,tradución del japonés de Lourdes Porta, Barcelona,Tusquets Editores,2005.

—.*Kafka en la orilla*,tradución del japonés de Lourdes Porta,Barcelona, Tusquets Editores,2006.

—."Escribir novelas es un reto,escribir cuentos,un placer.Es la diferencia entre plantar un bosque o plantar un jardin","ElCultural",*El Mundo*.31 de enero de 2008,pp,10-11.

—.*Sauce ciego,mujer dormida*,tradución del japonés de Lourdes Porta, Barcelona,Tusquets Editores,2008.

—.*After Dark*,traducción del japonés de Lourdes Porta,Barcelona,Tusquets Editores,2008.

—.*1Q84 Libro 1 y2*,traducción del japonés de Gabriel Álvarez Martínez, Barcelona,Tusquets Editores,2011.

—.*1Q84 Libros 3*,tradución del japonés de Gabriel Álvarez Martinez, Barcelona,Tusquets Editores,2012.

—.*Baila,Baila,Baila*,traducción del japonés de Garbiel Álvarez Martinez, Barcelona,Tusquets Editores,2012.

—.*Después del terremoto*. tradución del japonés de Lourdes Porta, Barcelona,Tusquets Editores,2013.

—.*Los años de peregrinación del chico sin color*,traducción del japonés de Gabriel Álvarez Martinez,Barcelona, TusquetsEditores.2013.

—.*Sueñio*,traducción del japonés de Lourdes Porta,Barcelona,Libros del zorro rojo,2013.

—.*Underground*,traducción del japonés de Fernando Cordobés y Yoko Ogihara,Barcelona.Tusquets Editores,2014.

—."Caminando hasta Kobe",traducción del japonés de Gabriel Álvarez Mart inez,Barcelona,*Granta*,núm.14,otoño de 2014,pp.9-23.

—.*La biblioteca secreta*,traducción del japonés de Lourdes Porta,Barcelona, Libros del zorro rojo,2014.

—.*Hombres sin mujeres*,traductión del japonés de Gabriel Álvarez Martínez,Barcelona,Tusquets Editores,2015.

—.*Escucha la canción del viento y Pinball 1973*,traducción del japonés de Lourdes Porta,Barcelona,Tusquets Editores,2015.

—.*El efefante desaparece*,traductión del japonés de Fernando Cordobés y Yoko Ogihara,Barcelona,Tusquet Editores,2016.

—.*Asalto a las panaderias*,traducción del japonés de Lourdes Porta, Barcelona,Libros del zorro rojo,2016.

—.*La caza del carnero salvaje*,traductión del japonés de Gabriel Álvarez Martínez,Barcelona,Tusquets Editores,2016.

MURAKAMI,Ryu.*Azul casi transparente*,traducción de Jorge G. Berlanga, Barcelona,Editorial Anagrama,1997.

NAVARRO TOMÁS.Tomás.*Manual de promunciación espaňiola*,Madrid, CSIC.,1991.

OCAÑA.Javier."<Sushi> al estilo Penedés",*EL País*,28 de agosto de 2009, p.48.

PAZ,Octavio.*El arco y la lira*,México,Fondo de Cultura Económica,1994.

RIVERA,Maica."<El boom> de la literatura japonesa:la ambigua seduction de un mundo ajeno",*Leer*,febrero de 2012,pp.16-25.

RODRÍGUEZ-IZQUIERDO,Fernando y Gavala.*El haiku japonés. Historia y traducción*,Madrid,Hiperión,(4a. ed),2001.

RUBIO,Carlos.*ElJapón de Murakami*,Madrid,Aguilar,2012.

RUIZMANTILLA,Jesús."Una cena gallega con Murakami",*El País*,14 de marzo de 2009,p.42.

RUIZ ZAFÓN,Carlos.*La sombra del viento*,Barcelona,Planeta,2006

—.*Eljuego del ángel*,Barcelona,Planeta,2012.

SALADRIGAS,Robert."El señor de las alas desplegadas",*La Vanguardia*,15 de junio de 2001,p.4.

SOTELO,Justo.*Los mundos de Haruki Murakami*,Madrid,Izana editores, 2013.

VARGAS LOSA,Mario. *Cartas a un joven novelist*,Barcelona,Planeta,1997.

WALLIS,Ethel."Intonational Stress Patterns of Contemporary Spanish". *Hispania*.XXXIV,1951,pp.143-147.